ROBERT COOVER

GEISTERSTADT

ROMAN

Deutsch von Dirk van Gunsteren

ROWOHLT

Die Originalausgabe erschien 1998 unter dem Titel «Ghost Town»
im Verlag Henry Holt and Company in New York.

Redaktion Hans Georg Heepe

1. Auflage Januar 2002

Umschlaggestaltung Cordula Schmidt
(Foto: Stone)
Satz aus der Adobe Garamond PostScript, PageMaker
bei Pinkuin Satz und Datentechnik, Berlin
Druck und Bindung Clausen & Bosse, Leck
Printed in Germany
ISBN 3 498 00919 2

Die Schreibweise entspricht den Regeln
der neuen Rechtschreibung.

Für: Joe Aulisi, George Bamford, Alice Beardsley, Beeson Carroll, John Coe, Steve Crowley, Cherry Davis, Jack Gelber, Bob Gunton, Wynn Handman, Grania Hoskins, Sy Johnson, Franklin Keysar, Kert Lundell, Julia Miles, Roger Morgan, Jenny O'Hara, Albert Ottenheimer, Caymichael Patten, Neil Portnow, Don Plumley, David Ramsey, James Richardson, Dale Robinette, Edward Roll und Stanley Walden.

Juppie-tai-jippie-tai-jippie-yeah.

GEISTERSTADT

Bleicher Horizont unter einem glasigen Himmel, flaches Wüstenland, Beifuß, Gestrüpp, in der Entfernung ein Hügel, ein einsamer Reiter. Es ist ein Land aus Sand, trockenen Steinen und toten Dingen. Geierland. Und er zieht hindurch. Denn: Es ist da, wo er jetzt ist, und hier draußen gibt es nichts, für das er anhalten oder umkehren würde – hinter ihm ist nichts, wohin er umkehren könnte. Sein schmales Gesicht wird von einem runden Filzhut mit breiter Krempe beschattet, sandfarben wie das Land ringsum, alt und verknittert. Ein vermutlich einst rotes Tuch um seinen Hals fängt den Schweiß auf, der ihm, ausgedörrt und sattelmüde, wie er ist, noch aus den Poren tritt. Eine weiche, löchrige Weste, ein graues Hemd, abgewetzte rindslederne Chaps über dunklen Jeans, die in schmutzverkrusteten spitzen Stiefeln stecken, das alles verschlissen und staubig, nass geworden vom Regen, getrocknet von Sonne und Wind. Das ist das Bild, das er abgibt, ein einsamer Reiter in der ebenen Halbwüste, der eigensinnig seinen Weg geht. Knapp unterhalb der Rippen hat er einen Revolver mit Griffschalen aus Holz umgeschnallt, in seinem Gürtel steckt ein Bowiemesser mit Hirschhorngriff, und am Sattelhorn baumelt ein Gewehr und zielt auf seinen Weggenossen, den Schatten, der über den Wüstenboden gleitet. Er ist ledrig und sonnenverbrannt und so alt wie die Berge. Und doch ist er bloß ein Junge. Wird auch nie was anderes sein.

Es war nicht immer so. Davor gab es Berge, schroffe und gefährliche Gegenden mit Steilwänden und Abgründen, mit schäumenden Flüssen in tiefen Schluchten und dichten, von unfreundlichen Wesen bevölkerten Wäldern. Er hat Schlangenbisse, Berglöwen und hungrige Wolfsrudel überstanden, Schneestürme und tobende Gewitter, Frostbeulen und eisigen Wind, Bremsen und Heuschrecken und Moskitos, auch Grizzlies, Zecken und Pfeilwunden – ein Skalp, in dessen schwarze Haare Muscheln und Perlen geflochten sind, baumelt von seinem Revolvergurt, obwohl er, würde man ihn fragen, nicht sagen könnte, woher er die Trophäe hat. Muss wohl einfach irgendwie passiert sein. Damals war er vielleicht hinter irgendwem oder irgendwas her. Oder vielleicht war was hinter ihm her, irgendeine unbestimmte Gefahr im Nacken – das ist im Großen und Ganzen die Erinnerung, die er an diese Zeit hat: ein übermächtiges Gefühl der Gefahr oder auch der Verzweiflung, das sich über ihn senkte, wenn es dunkel wurde oder der Pfad sich im Nichts verlor. Einmal musste er einen begraben, erinnert er sich, so was wie einen Bruder, nur dass der Tote in dem Loch, das er grub, gar nicht wirklich tot war, sondern sich bewegte und nach der Erde trat, und eigentlich war er selbst es, der zuckte und sich wand und blindlings um sich trat: Er lag in der Grube, und Erde spritzte ihm ins Gesicht, aber dann war er es wieder nicht, und der, der es war, kroch plötzlich aus dem Grab und ruderte mit den Armen, und das Fleisch rutschte von den Knochen wie Schmalz in einer heißen Pfanne; also ging er weg, um jemanden zu jagen oder selbst gejagt zu werden, oder letztlich um weiterzuziehen, irgendwohin, wo er so etwas nicht sehen musste.

Eines Tages, als er den steilen Hang eines Canyons hinaufkletterte, in dem tief unten ein reißender Fluss tobte und schäumte, musste er gegen eine Art unsichtbarer Kraft ankämpfen, die sich fast körperlich spürbar gegen ihn stemmte, als würde ein großer, wild mit den Flügeln schlagender Vogel auf seiner Brust sterben, und musste schließlich absteigen und sein scheuendes, mit den Augen rollendes Pferd durch den letzten schroffen Einschnitt zerren, auf diese endlose, leere Ebene, wo noch nie etwas geschehen zu sein scheint und doch anscheinend alles schon geschehen ist, wo alles schon vorbei ist, bevor es überhaupt angefangen hat. Ein Raum, der da und doch nicht da ist, wie eine gewaltige Leere, schrecklich und gewöhnlich zugleich. Als wäre der Boden, auf dem sein Pferd geht, trotz der Weite der Fläche vielleicht nur papierdünn – etwas, das über das Nichts gespannt ist. Er rechnet nicht damit, hier das Ende der Welt zu finden, aber er rechnet auch nicht damit, es nicht zu finden.

Sein augenblickliches Ziel ist eine kleine Stadt am Horizont. Er hat sie gleich gesehen, als er den Canyon hinter sich gelassen und der Einschnitt sich hinter ihm geschlossen hat. Die Stadt ist noch immer da und steht am Rand der sichtbaren Welt wie ein Tor zum verborgenen Teil des Himmels. Manchmal verschwindet sie hinter einer flachen Anhöhe und erscheint wieder, wenn er diese Anhöhe erreicht hat, und oft erscheint sie dem nackten Auge – seinem nackten Auge – weiter entfernt als zuvor, wie eine ständig zurückweichende Luftspiegelung, die sie ja wahrscheinlich auch ist. Manchmal gibt es gar keinen Horizont: Er ist vom Gleißen der Sonne oder der plötzlichen Finsternis der Nacht ausgelöscht, sodass auch keine Stadt mehr zu sehen ist und sein Ziel mehr wie die Erinnerung an ein Ziel ist, aber er reitet trotzdem weiter darauf zu, und früher oder später zeigt die Stadt sich wieder, weit entfernt, wabernd wie ein schlaffes Tuch, an dem der Wind entlangstreicht. Er weiß nicht, wie sie heißt, und hat auch nicht das Gefühl, als müsste er es wissen. Er will bloß dahin.

Mag sein, dass er hin und wieder einnickt, aber hier ist es immer entweder dunkel und sternklar, oder aber die Sonne steht senkrecht über ihm und brennt auf ihn herab, als tastete sie ihn nach irgendeinem vergessenen Verbrechen ab – es gibt nur den einen Zustand oder sein Gegenteil, wie die beiden Bilder auf der Scheibe einer Laterna magica, und sie wechseln jedes Mal, wenn er die Augen öffnet und schließt und wieder öffnet. In dieser leeren Weite kann sich nichts an ihn heranschleichen, solange er weit genug oben bleibt, und darum schläft er meist im Sattel, wo er auch isst, hauptsächlich die alten Streifen getrocknetes Büffelfleisch, die er als Dreingabe zu dem Pferd bekommen hat, schwarz wie Teer, aber nur halb so lecker. Ein Wasserloch käme jetzt gelegen und ein bisschen Futter für das Tier zwischen seinen Beinen, und beides wird er am wahrscheinlichsten in dieser Stadt am Horizont finden, auch wenn sie ungreifbar zu sein scheint. Hier in dieser Wüste gibt es nichts als Kakteen und Steppenhexen und ein paar alte, vertrocknete Knochen – Dinge, die nicht mal die Toten essen könnten.

Die ihn zu verfolgen scheinen und hinter seinem Rücken flüstern wie ein trockener, mit Augen versehener Wind. Dieses Gefühl, dass Augen ihn von hinten beobachten, wird manchmal so stark, dass er sich im Sattel umdreht und den Blick schweifen lässt, und eines Tages entdeckt er dabei eine andere Stadt am gegenüberliegenden Horizont, eine Art Spiegelbild der Stadt, auf die er zureitet – als ließe er den Ort, der sein Ziel ist, hinter sich. Er nimmt an, dass es sich um ein Phantom handelt, doch als er sich das nächste Mal umdreht, ist sie noch immer da und deutlicher zu erkennen als zuvor, als hätte sie aufgeholt. Und so ist es auch, denn im Lauf der Tage – wenn es denn Tage sind – rückt die Stadt hinter ihm allmählich näher, während die vor ihm sich entfernt, und schließlich schiebt sich die Hauptstraße von hinten unter die Hufe seines Pferdes, und die Stadt gleitet an ihm vorbei, obgleich er sein gemächliches Tempo beibehält. Er versucht das Pferd zu wenden, um sich dieser Erscheinung zu stellen, doch das Tier setzt seinen Weg einfach fort und hat offensichtlich keine Lust, sich mit neuen

Anweisungen zu befassen. Die Stadt, die vorbeizieht, ist unscheinbar, still und menschenleer, als wäre sie aus der Wüste selbst gemacht: ein paar wacklige Häuser mit falschen Fassaden, aufgereiht, um in der Wildnis eine Straße entstehen zu lassen. Nichts regt sich. In einem offenen Fenster hängt schlaff eine Spitzengardine, Stricke baumeln reglos vom Galgen und von den Querhölzern für die Pferde, und das Schild über dem Eingang zum Saloon wirkt in der Mittagssonne so schwer und bedrohlich wie die Klinge einer Axt. Ein Wassertrog gleitet träge vorbei, und er gibt seinem Pferd die Sporen, doch es kann den Trog nicht einholen. Die ganze staubige Straße schiebt sich langsam voran, und bald ist er am Rand des Städtchens angelangt und wieder in der Wüste. Er ruft den letzten Häusern etwas zu, allerdings ohne sehr viel Überzeugung, und bekommt keine Antwort. Er hat auch keine erwartet. Er ist wieder allein in der Wüste. Die Stadt entfernt sich langsam vor ihm, immer weiter und weiter, und schließlich verschwindet sie am Horizont, und die Nacht bricht herein.

Er sieht ein schwach flackerndes Licht auf dem Wüstenboden, als hätte sich ein sterbender Stern von seinem ihm zugewiesenen Platz entfernt, und folgt dem Schein zu einem Lagerfeuer, das keine Wärme spendet und wo unter Umhängen und Pferdedecken einige Männer kauern und rauchen, trinken und Tabak kauen – Banditen, wie es scheint.

Was haben wir denn da?, sagt einer von ihnen und spuckt in die niedrige Flamme.

Soll wohl 'n Mensch sein.

Kann sein. Kann auch nicht sein. Wohl eher ein Stück Scheiße an einem Stock.

Er hat sich in den Steigbügeln aufgerichtet um abzusteigen, überlegt es sich aber anders und setzt sich wieder. Am Rand des qualmenden Feuers kauert ein Blechtopf und beugt sich zur Flamme, als wollte er die kauernden Männer nachäffen. Ein Gestank von verbranntem Kaffee steigt auf und verbindet sich unangenehm mit dem fetten Geruch von brennendem Dung.

Mich interessiert sowieso nur, sagt ein anderer ohne aufzusehen, sodass die breite, weiche Krempe des Hutes sein Gesicht verdeckt, was ich fressen oder ficken kann.

Der sieht nicht so aus, als wär er für eins von beiden zu gebrauchen. Außer er ist eine von diesen transvestierten Mösen.

Meinst du? Jetzt, wo du's sagst: Besonders viel Bart hat der kleine Scheißer ja nicht.

Komm mal her, Kleiner. Bück dich und zeig uns, was du hast.

Obwohl ich nicht glaub, dass ich's noch sehen will, wenn du's nicht ein bisschen fix aus dem Sattel hievst.

Die Männer räuspern sich feucht und spucken noch ein bisschen ins Feuer. Was ist dein Ding, Kleiner?, sagt der mit dem breitkrempigen Hut zum Feuer. Seine Stimme ist so rau und tief, als käme sie aus einem Spalt in der Erde. Was machst du hier draußen?

Nichts. Ich komm hier bloß durch.

Auch das scheint sie aus irgendeinem Grund zu amüsieren. Mannomann! Kommt hier bloß durch!

Das ist ja 'n Ding!

Ein einäugiger, in eine vielfach geflickte Decke gehüllter Mestize hebt eine Arschbacke und lässt einen gewaltigen Furz. 'tschuldigung, Jungs. Der kommt hier auch bloß durch.

Dann kann ich genauso gut weiterreiten, denkt er und gibt seinem Mustang die Sporen, doch das Pferd senkt in feierlicher Verweigerung den Kopf und scheint nicht geneigt weiterzugehen.

Und nach wohin kommst du hier durch, Kleiner?, fragt ein

verschrumpelter Graubart mit schmutzigen gestreiften Hosen, einem roten Unterhemd und einem zerknautschten Derby. Mit schwieligen Fingern streut der Mann neben ihm, der mit dem weichen Hut, geschickt eine kleine Menge fein gehackten Tabak auf ein dünnes gelbes Blatt.

Zu der Stadt da drüben. Das Gewehr hängt jetzt nicht mehr am Sattelhorn, sondern liegt quer über seinen Oberschenkeln.

Was du nicht sagst.

Reine Zeitverschwendung, Junge. Da drüben ist nichts.

Nichts ist mir auch recht.

Da kommst du nie hin, Kleiner.

Ist bloß 'ne Geisterstadt.

Ich komm schon hin.

Ha!

Wo wir gerade von Kommen reden, sagt der Graubart mit dem roten Unterhemd und dem Derby. Ich geb dir 'n guten Rat: Heb deinen Arsch an und sieh zu, dass du nach Hause kommst. Und zwar pronto.

Geht nicht.

Nein? Weichhut leckt das Tabakblatt an und drückt es fest. Warum nicht, Kleiner? Wo bist du überhaupt her?

Von nirgends.

Keiner ist von nirgends. Wer sind deine Leute?

Ich hab keine Leute.

Jeder hat Leute.

Ich nicht.

Das ist regelrecht beunruhigend. Das dünne gelbe Stäbchen verschwindet unter der breiten Hutkrempe, und im selben Augenblick erkundigt sich ein großer, hässlicher Mann mit einem flachen, durchlöcherten Hut und steifem, verfilztem Haar, das aussieht wie Spinnenbeine und bis auf sein grob gewebtes Hemd hängt, nach dem Namen seines Mustangs.

Das ist der Name.

Was?

Mustang.

Scheiße, das ist doch kein Name. Der Mann spuckt eine Ladung gegen den Kaffeetopf, wo sie verbrutzelt.

Braucht keinen anderen.

Erzähl mir keinen Scheiß, Junge. Ein Pferd muss 'n richtigen Namen haben.

Wenn der hier das muss, hat er's mir jedenfalls noch nie gesagt.

Der Kleine ist 'n richtiger Klugscheißer, was?

Entweder er oder das Pferd.

Also nochmal, Junge, sagt Weichhut und hält ein nicht angezündetes Streichholz vor sein frisch gedrehtes Zigarillo. Und erzähl mir keinen Scheiß. Dein verdammter Gaul geht mir am Arsch vorbei. Aber wie heißt du?

Kann ich nicht genau sagen. Und du?

Wir nennen ihn Daddy Machtnix, sagt ein Buckliger mit ergrautem Haar und einem speckigen Schnurrbart, der ihm bis zum Schlüsselbein hängt und aussieht wie eine Aufrisszeichnung der schemenhaften Verwachsung hinter seinen Ohren. Weil er's nämlich nicht mehr macht. Alle brechen wieder in schmutziges Gelächter aus, alle außer dem Mann, von dem die Rede ist. Er zündet sich sein Zigarillo an.

Warum steigst du nicht von deinem armseligen Gaul runter und setzt dich 'n bisschen zu uns?, fragt der einäugige Mestize, ohne zu lächeln.

Er sieht sie ausdruckslos an und weiß, was als Nächstes kommt, auch wenn er nicht weiß, woher er das weiß.

Eigentlich, sagt ein dürrer Bursche mit schiefem Gesicht und bohrt in der warzigen Nase, find ich unsern jungen Freund nicht besonders freundlich.

Sieht so aus, als würde er auf dem verdammten Gaul kleben.

Sieht so aus, als wär er drauf festgebunden.

Hör mal, Kleiner, sagt Weichhut und richtet sich ein ganz kleines bisschen auf, sodass die Glut seines Zigarillos in der leeren Schwärze unter der breiten Krempe zu sehen ist. Seine Hände sind wie Klauen und ruhen auf seinen Knien. Ich hab dich was gefragt.

Der Reiter verlagert sein Gewicht, seine Hand schiebt sich den Gewehrschaft entlang zum Abzug, und in der plötzlichen Stille quietscht der Sattel hörbar, als würde sich unter ihm mit einem Mal eine Tür öffnen. Und ich hab dir was geantwortet, alter Mann, sagt er.

Niemand regt sich. Es herrscht eine lange, unheilvolle Stille, in der irgendwo ein Wolf heult und ein paar Sterne fallen – sie schießen wie weggeschnippte Zigarettenkippen über das finstere Himmelsgewölbe. Dann ist auch das vorbei. Alles hört auf. Diese umstirnte Stille dauert so lange, bis man das Gefühl hat, dass sie nie aufhören wird zu dauern. Als hätte die Zeit sie verlassen und in Stein verwandelt. Der Reiter, dessen Pferd sich kalt und steif anfühlt, merkt, dass sein eigenes Herz immer langsamer schlägt. Nur in seinen Händen ist noch ein bisschen Bewegung. Er gebraucht sie, er kämpft gegen die Erstarrung an, die ihn umfängt, er hebt das Gewehr und erschießt den Mann mit dem weichen Hut. Die Kugel trifft ihn in die Brust, sein Hut fliegt durch die Luft, das Zigarillo fällt ihm aus dem Mund, und er wird rücklings auf den Wüstenboden geworfen. Jetzt lockert sich alles etwas auf, der Mustang schnaubt und tänzelt unter ihm, am Himmel ziehen die Sterne wieder ihre Bahn, und die anderen beobachten ihn wachsam, wirken aber mehr oder weniger lebendig. Sie kauen. Sie spucken.

Das hättest du nicht tun sollen, Kleiner, sagt der hässliche Mann mit dem Spinnenbeinhaar.

Er legt das Gewehr wieder über seine Oberschenkel. War nicht meine Schuld. Er hätte ziehen sollen.

Scheiße, der alte Furz war nicht mal bewaffnet.

Er ist blind, Kleiner. Blind wie 'ne junge Maus.

War.

Der Mann, den er erschossen hat, liegt hingestreckt auf dem Boden und starrt in den Nachthimmel, mit Augen, die, wie er jetzt sieht, weiß wie Monde sind.

Du hast einen alten, unbewaffneten, blinden Mann erschossen, mein Sohn. Was hast du zu deiner Verteidigung zu sagen?

Er lenkt sein Pferd zu dem Toten, beugt sich aus dem Sattel und hebt das Zigarillo auf. Also doch kein Bandit, wie er zuerst gedacht hat. Der Bursche trägt einen Sheriffstern, der von der Kugel durchbohrt und dunkel von Blut ist. Wahrscheinlich sollte er sie alle erschießen. Vielleicht erwarten sie es von ihm. Aber er steckt nur das halb gerauchte Zigarillo zwischen die aufgesprungenen Lippen, zieht daran, um die Glut wieder zu entfachen, kehrt dieser ermüdenden Gesellschaft den Rücken und reitet weiter, ohne sich noch einmal umzudrehen.

Es ist zwölf Uhr mittags, und die Hauptstraße der trügerischen Stadt, die sich ihm so lange verweigert hat, zieht unter den trottenden Hufen seines Mustangs vorbei, als wäre irgendein mechanischer Fehler mit einem Mal behoben. Die Straße mit ihren zusammengenagelten grauen Häusern, die sich kantig von der grenzenlosen Einöde abheben, ist still und leer und doch voller undeutlicher Echos, voller leise murmelnder Stimmen, die vielleicht der heiße Wüstenwind herbeigetragen hat. Ein Saloonschild schaukelt unruhig in diesem sprechenden Wind, ausgefranste Stricke baumeln träge von den Querhölzern für die Pferde, in einem offenen Fenster schwingt eine

Spitzengardine. Staubwölkchen werden aufgewirbelt, tanzen in luftigen Spiralen wie Gehenkte mit auf den Rücken gefesselten Händen, lösen sich auf und bilden sich wieder, um sich vom Wind dahintreiben zu lassen.

Er steigt ab und führt sein Pferd an einem alten Wagen mit zerbrochenem Rad vorbei zum Wassertrog. Bis auf einen Bodensatz aus Staub ist die Blechwanne leer. Am Ende einer überdachten Veranda entdeckt er eine Pumpe. Versuchsweise hebt er den verrosteten Schwengel: kein Widerstand. Als zöge man an den Knochen eines Toten. Unter dem Saloonschild hängt an verknoteten Bindfäden ein Brett mit der Aufschrift ZIMMER, doch der über den Eingang genagelte Zettel, auf dem in ungelenken Buchstaben KALTES BIER steht, interessiert ihn weit mehr. Das Gewehr in der Hand tritt er durch die Schwingtür in das trübe Zwielicht des Saloons, auf alles gefasst, aber nichts passiert. Der Saloon ist dunkel und leer, und hier drinnen ist es heißer als draußen. Ein Durcheinander aus umgestürzten Stühlen und Tischen, zerbrochene Lampen, ein paar leere, verstaubte Flaschen, aber nichts, was er durch seine Kehle rinnen lassen könnte. Ein alter Flügel mit einem geknickten Bein hockt in einer Ecke und fletscht grinsend sein breites Gebiss aus vergilbenden Zähnen, und seine gerissenen Saiten stehen wirr in die Luft wie gesträubte Haare. Eine mit Spinnweben überzogene Treppe führt auf eine Galerie, wo die verheißenen Zimmer dunkel zu erahnen sind. Nichts von Verheißung, und das leise, murmelnde Summen ist hier drinnen aufdringlicher als draußen, was vielleicht daran liegt, wie der Wind durch die zerbrochenen Fenster weht, und so geht er wieder hinaus in die gleißende Helle. Auf den Dielenbrettern knirscht der Sand unter seinen Stiefeln.

Sein Pferd hat sich in Richtung Stadtrand entfernt. Er sieht es weit entfernt mit gesenktem Kopf dahintrotten, den Rücken zum Wind. Wahrscheinlich sucht es Wasser. Er folgt ihm, wird jedoch von der Aufschrift auf dem schmutzigen Fenster eines alten Hauses abgelenkt: GOLD! steht da. CLAIMS-BÜRO. Die Tür hängt schief an gebrochenen Angeln. Drinnen stehen hinter einer Theke ein hölzerner Drehstuhl und ein Rollsekretär, alles von einer dicken Staubschicht überzogen, und in einem Kasten auf der Theke liegt ein Stoß Karten neben einem Schild, auf dem steht: NIMM DIR EINE! Er nimmt die Karten und dreht sie um: Es sind ganz normale Spielkarten, doch auf jeder sind mit Tinte irgendwelche Koordinaten geschrieben. Er steckt den Pik-Buben ein, wirft die anderen auf den Schreibtisch, damit sie den Staub aufwirbeln, und geht wieder hinaus auf die Straße.

Das Pferd ist jetzt noch weiter entfernt, beinahe außer Sicht. Er versucht es zurückzupfeifen, aber sein Mund ist zu trocken, also macht er sich wieder an die Verfolgung und flucht dabei leise vor sich hin. Der staubige Wind zupft an seiner Hutkrempe und lässt die löchrige Weste in kurzen, unregelmäßigen Böen flattern, und das Pferd bewegt sich ebenso schnell wie er selbst. Als wollte es ihn aus dieser Stadt hinauslocken. Oder in Schwierigkeiten hinein. Er sieht sich selbst wie aus großer Höhe diese sengend heiße Straße entlanggehen, vorbei an verfallenden Banken und Saloons, Saatgut-, Eisenwaren- und Lebensmittelgeschäften, Ställen und Bordellen, die in zwei parallelen Linien in der Wüste stehen, als wäre die Wüste eine Tafel, auf der jemand schreiben üben will; sein Weg sind die verschlungenen Buchstaben mit ihren Querstrichen und Tüttelchen zwischen den beiden Linien, vollkommen bedeutungslos, und das erinnert ihn, während er aus luftiger Höhe hinabsieht, an etwas, das ihm ein Sheriff in längst vergangener Zeit gesagt hat. Das Leben hier draußen ist Scheiße, mein Sohn. Es hat nicht mehr Bedeutung als was, das du mit deinem Schwanz in den Wüstensand schreibst, wenn der Wind weht. Wenn du das weißt und erträgst und trotzdem weitermachst, bist du dumm. Völlig verrückt. Aber angesichts dieser Scheiße, angesichts von so viel Sinnlosigkeit und Dummheit und Verrücktheit weiterzumachen – das, mein Sohn, das hat etwas verdammt *Grandioses.*

Dieser distanzierte Blick auf die Dinge endet abrupt, und er ist im Nu wieder auf dem Boden und in seinem eigenen Kopf, als vor seinen Augen, hinter dem staubigen Fenster eines Hauses am Ende der Straße, eine wunderschöne Frau erscheint und ihn kritisch oder sehnsüchtig betrachtet, sehr blass, mit schwarzem, zu einem festen Knoten gebundenen Haar und schwarzer Kleidung. Er bleibt mitten auf der windigen Straße stehen, hält Gewehr und Hut fest und ist gebannt von der unantastbaren Reinheit, die aus diesem gerahmten Bild spricht und ihm wie etwas erscheint, das er geträumt hat und das nun zum Leben erwacht ist. Als er jedoch wie betäubt auf sie zugeht, verschwindet sie. Beim Haus angekommen, schirmt er die Augen mit den Händen ab, legt das Gesicht an die Fensterscheibe und späht hinein: ein kahler, spärlich möblierter Raum, ein paar lange, zwergenhafte Tische und ein Dutzend Stühle mit abgesägten Beinen, alles schon lange nicht mehr benutzt. Nichts zu sehen von der Frau. Wenn es überhaupt eine Frau war. Wahrscheinlich nicht. Nicht wahrscheinlicher als der Gedanke, dass dieses murmelnde Summen, das er ständig hört, tatsächlich vom böigen Wind herbeigetragen wird. Das ist die verdammte Sonne, die auf ihn herabbrennt. Sie steht noch immer so senkrecht über ihm wie vorhin, als er in die Stadt geritten ist.

Auch von seinem Pferd ist jetzt nichts mehr zu sehen, und da, wo es zuletzt war, tanzt einer dieser gespenstischen Staubteufel. Ihm kommt der Gedanke – obwohl er nicht weiß, woher dieser angesichts solcher enormer Einsamkeit kommen könnte –, das Pferd könnte gestohlen worden sein oder habe sich stehlen lassen, doch dann sieht er das verstockte Tier wieder vor dem Saloon stehen, neben dem Wagen, und die Nase in den ausgetrockneten Wassertrog stecken. Muss im Bogen zurückgetrottet sein, als er gerade nicht hingesehen hat. Er ruft das Pferd, und es wirft den Kopf hoch, sieht ihn erschrocken an und wendet sich ab. Er geht zurück, seine Füße schmerzen inzwischen, aber eine plötzliche Bö verhängt die Straße mit einem Vorhang aus Staub, und als der sich gesetzt hat, ist das Pferd abermals verschwunden. Stattdessen sieht er in flimmernder Ferne vier oder fünf Reiter in langsamem Galopp auf sich zureiten. Unter den Hufen der Pferde blühen kleine Staubexplosionen auf, sodass es aussieht, als näherten sie sich auf Schmutzwolken. In vollkommener Stille halten sie vor dem Saloon an, steigen ab in ihre eigenen Schatten, binden die Pferde an und gehen durch die Schwingtür hinein, mit Schritten, die so lautlos sind, als träten ihre Stiefel auf Gänsedaunen. Obgleich er weiß, dass daraus nichts Gutes werden wird, folgt er ihnen.

Drinnen sind Männer, die einander auf die Schultern klopfen, würfeln, trinken, lachen, streiten. Durch das wirre Getöse dringen an sein Ohr: das weiche Klatschen ausgeteilter Karten, das *Rrrtsch-dupp* verfehlter Spucknäpfe, das *Klickediklack* von Roulette- und Glücksrädern. Dann zeigt mal, was ihr habt, sagt ein dicker, schnurrbärtiger Mann mit einem flachen Strohhut und klopft mit der Faust auf seine Karten, die verdeckt auf dem Tisch liegen. Bier wird gezapft. Ein Ohr wird abgerissen. Ein hagerer Glatzkopf mit weißem Hemd, gelben Hosenträgern und schwarzem Stringtie hämmert eine Melodie auf dem Flügel, an dem eine vollbusige, geschminkte Dame mit vielen rotblonden Locken lehnt und ein Lied über ein einst anständiges, nun aber gefallenes Mädchen singt. Sie ist – wie eine andere, die er heute gesehen hat – ganz in Schwarz, bis auf die leuchtend roten Rüschen an ihrer Bluse, die Rubinnadel, die durch die Wange gesteckt ist und wie ein Schönheitsfleck aussieht, und den golden schimmernden Schlüssel aus Messing, der an einem schwarzen Band in ihrem gepuderten Dekolleté hängt. Ein Fausthieb lässt den dicken Mann mit dem Strohhut rückwärts auf den Klavierspieler zutaumeln, der mit der Linken weiterspielt, während er mit dem rechten Ellbogen einen blitzschnellen Schlag austeilt, sodass der dicke Mann mit dem Kopf voran gegen die Wand stößt und sie beinahe durchbricht. Auf dem Schild über seinem Kopf steht: HIER WIRD EHRLICH GESPIELT. Die anderen Kartenspieler leeren die Taschen des dicken Mannes und teilen sein Geld unter sich auf.

Ich bring diesen verdammten buckligen Krüppel um, flüstert jemand in sein Ohr.

Wen?

Du bist dran, Alter.

Ein Schuss, und irgendwo wiehert ein Pferd wie in plötzlicher Angst.

Verdammte Pfaffenscheiße, Hochwürden! Und das meine ich ganz ehrlich!

Halt die Schnauze und leg deinen Einsatz hin, Schwätzer!

Na gut: Das und nochmal dasselbe. Dann lass mal sehen.

Willst du würfeln, Kleiner, oder die Dinger fressen?, wird er gefragt. Ein kleiner Kreis von wütenden Männern mit wilden Bärten starrt ihn an. Ihre pockennarbigen Nasen leuchten im Licht der Petroleumlampe.

Er will nichts weiter als ein Bier, irgendwas Flüssiges, doch in dem Lederbecher, um den sich seine Finger geschlossen haben, sind nur zwei Würfel. Am jenseitigen Ende des Raums beklagt die Sängerin den glücklosen Spieler, der nach und nach all seine Körperteile verloren hat. Er schüttelt den Würfelbecher. Heut Abend hängt sie sich aber rein, sagt einer hinter ihm. Wahrscheinlich ist sie besonders heiß, sagt ein anderer. Meinst du?

Moment mal, Junge, ruft ein Alter mit zusammengekniffenen Augen, strähnigen Haaren und einem eng geschnittenen, knielangen schwarzen Spielerjackett. Wo ist dein Einsatz? Da er nichts anderes hat, wirft er seinen Hut auf den Tisch, würfelt einen Sechserpasch und gewinnt die Hüte der Mitspieler. Es wird gemurrt. Der Spieler blickt finster und misstrauisch und lässt mit einer Hand die Würfel auf ihren Ecken kreiseln, während die andere nach dem Derringer mit den Griffschalen aus Elfenbein tastet, der in seiner Westentasche steckt.

Er hakt den Daumen in den Gürtel, gleich neben dem Revolver. Sicherheitshalber. Krieg ich für einen von den Hüten ein Bier?, fragt er, und alle schnauben und werfen sie ihm voller Verachtung vor die Füße.

Inzwischen ertönt drüben, hinter dem Flügel, bei dem sich langsam drehenden Glücksrad, ein Geschrei. Es ist der Mann mit dem abgerissenen Ohr. Ich hab die Schnauze voll von deinem Geschwätz, brüllt er, während Blut an seinem Kopf herabströmt wie Wasser an einer Felswand, und der Halbindianer mit den schweren Tränensäcken, an den diese Worte gerichtet sind, schickt einen dicken Batzen in Richtung Spucknapf und sagt: Kann schon sein. So siehst du das also, sagt der Mann mit dem abgerissenen Ohr, zieht einen abgesägten Revolver aus der Tasche und drückt ihn gegen die breite braune Nase des Halbindianers. Bevor er jedoch abdrücken kann, steht der Klavierspieler mitten in der langen, schwierigen Überleitung vom Refrain zur nächsten Strophe auf (die

Sängerin singt jetzt ein Liebeslied über einen legendären Helden, der von einem umherziehenden Revolvermann unvermittelt aus dem Leben gerissen wurde und jetzt «empfängt den gerechten Lohn, und die großen spitzen Stiefel hat jetzt sein Sohn») und gibt ihm einen Kopfstoß. Der Schädel des Mannes mit dem abgerissenen Ohr zerbricht wie ein Tonkrug, und als er auf dem Boden aufschlägt, läuft das Gehirn heraus wie Haferschleim, doch da hat die nächste Strophe schon begonnen, und der Klavierspieler sitzt wieder auf seinem Hocker. Niemand schenkt dieser Szene besonders viel Aufmerksamkeit.

Kehr zurück, Cowboy, und gib's uns wie du's früher tatst, seufzt die Sängerin, allerdings eher in Richtung der rauchgeschwärzten Decke, denn sie liegt jetzt ausgestreckt auf dem Flügel, und die Männer im Saloon stehen Schlange, um auch mal dranzukommen. Trotz des Gedrängels und des schummrigen Lichts kann er erkennen, dass sie schwarze Unterröcke trägt und einen schwarzen Schlüpfer, der jetzt an einem ihrer auf und ab hüpfenden Knöchel baumelt.

Witwenkleidung scheint hier ja groß in Mode zu sein, bemerkt er freundlich zu dem Barmann und verzieht den ausgetrockneten Mund zu einem Lächeln.

Hier immer, grunzt der Barmann. Er ist ein großer, dünner Mann, dessen steifes, fettiges Haar ihm bis zu den Schultern reicht, sodass es aussieht wie die Beine eines großen, hässlichen Insekts, das auf seinem Kopf sitzt. Was kann ich für dich tun, Fremder?

Whiskey. Einen doppelten. Eigentlich will er gar keinen Whiskey. Eigentlich will er ein paar Liter Wasser. Aber wahrscheinlich gibt es hier Sachen, die man kriegen kann, und andere, die man nicht kriegen kann.

Der große, hässliche Barmann stützt die Hände auf die

Theke, starrt auf ihn hinab und legt fragend den Kopf schief, sodass die fettigen Strähnen ein paar Schritte zu machen scheinen. Ach so. Er bietet ihm den schwarzen, durchlöcherten flachen Hut an, den er eben dem Spieler abgenommen hat und der trotz der Löcher noch der beste von allen ist, doch der Barmann schüttelt den Kopf. Ein wirklich überwältigender Durst hat ihn gepackt, und er ist bereit, alles herzugeben, was er hat, sogar seine Waffen und sein Pferd – vorausgesetzt, es ist überhaupt noch in der Nähe. Dann fällt ihm die Karte aus dem Claims-Büro ein, und er klatscht sie auf die Theke.

Mit einem Mal herrscht Totenstille. Der Barmann tritt einen Schritt zurück und lässt die Arme hängen. Die Sängerin auf dem Flügel setzt sich mit bis zur Taille hinaufgerutschten schwarzen Röcken auf, und die Männer ziehen verstohlen ihre Hosen wieder an. Der Klavierspieler sitzt mit ausdruckslosem Gesicht und im Schoß gefalteten Händen da und starrt ihn an, ebenso wie die Pharao-, Würfel- und Monte-Spieler, deren Hände mitten in der Bewegung erstarrt sind. Im Hintergrund dreht das Glücksrad unaufhörlich seine Runden und quietscht und tickert vor sich hin.

Wer ist der Bursche?, hört er einen flüstern, obwohl niemand die Lippen bewegt.

Wahrscheinlich irgendein Revolverheld.

Meinst du?

Sieh dir doch den Indianerskalp an, den er am Gürtel hat.

Der ist doch bloß ein Hänfling. Und er hat nur einen Revolver.

Nur einen, den wir *sehen.*

Und ein Gewehr. Und ein Messer…

Der spinnenbeinhaarige Barmann, der um zehn, zwanzig Zentimeter geschrumpft zu sein scheint, stellt ein großes Whiskeyglas auf die Theke und schenkt mit einem nervösen, goldzahnigen Lächeln ein, bis es überfließt. Doch bevor er danach greifen kann, wird das Glas von der Theke gefegt, und zwar von dem einohrigen Mann mit dem auslaufenden Gehirn – er ist wieder auf den Beinen. Wo hast du diese Karte her, Fremder?, fragt er und durchbricht damit die tödliche Stille. Schwankend steht er unter dem gasbetriebenen Deckenleuchter. Wo hast du den einohrigen Pik-Buben her? Alles starrt die beiden an. Er hatte nicht vor, Aufmerksamkeit zu erregen, aber das ist hier anscheinend nicht schwer. Her damit, Kleiner. Gib mir die Karte.

Er zuckt die Schultern. Mir doch scheißegal. Hier, kannst du haben, das Ding.

Verdammt!, brüllt der andere, und sein Gesicht zu beiden Seiten des Risses in seinem Schädel ist rot vor Wut. Er zieht einen Dolch – die Klinge blitzt im gelblichen Lampenlicht auf. Ich will den Pik-Buben, hab ich gesagt!

Und ich hab gesagt, du kannst ihn haben.

Gibst du mir jetzt die verdammte Karte oder muss ich dich erst abstechen?

Er sieht, wie die Dinge liegen, und richtet sich auf. Na gut, sagt er. Das freiliegende Gehirn schwabbelt wie Pudding, als sich der Mann mit dem Dolch auf ihn stürzt, doch er wehrt den Stoß ab. Allerdings schlitzt die Klinge ihm die löchrige Weste vom Ärmelloch bis zum Saum auf. Er zieht sein Bowiemesser, und als der einohrige Mann den nächsten Angriff macht, rammt er es ihm tief in den Bauch. Der Mann taumelt zurück und starrt verwundert und verwirrt auf den Hirschhorngriff, der aus seinem Bauch ragt und von diesem langsam eingesaugt wird, bis er ganz verschwunden ist. Selbst das Loch im Hemd scheint sich wieder zu schließen, nachdem der Griff darin versunken ist. An dem Riss in seinem Schädel vorbei sieht der Mann ihn an. Ein schiefes Grinsen erscheint auf seinem Gesicht, und er öffnet den Mund, als wollte er ihn verspotten, doch es kommt nur Blut heraus. Der einohrige Mann verdreht die Augen und fällt auf den Rücken. Noch immer quillt ihm Blut zwischen den Lippen hervor. Dann öffnet sich sein Mund, und langsam erscheint, wie eine steife Zunge, der Messergriff. Die Männer umringen ihn und sehen zu, wie der Griff sich herausschiebt, sie beugen sich hinunter, als wollten sie aus den Blutrinnsalen in den Hirschhornrillen eine Botschaft lesen. Es scheint ein Geschenk für ihn zu sein, vielleicht auch eine Herausforderung, die er jedenfalls annimmt, indem er den Griff packt und ihn, gleichsam als Geburtshilfe, aus dem Mund des Mannes zieht. Keine leichte Aufgabe. Es ist, als würde er an einem Messer ziehen, das tief im Holz steckt. Als würde der Mann daran saugen oder sich daran festbeißen. Es gelingt ihm, die Klinge zu befreien, und ein Blutstoß sprudelt hervor, der die Umstehenden keuchen und zurückweichen lässt. Er wischt das Messer am Flanellhemd des Toten ab, steckt es in den Gürtel und wendet sich wieder dem Barmann zu, der ihm einen Schlüssel aus schimmerndem Messing an einem schwarzen Samtband überreicht und zur Treppe nickt. Nein, danke, sagt er und will ihm den Schlüssel zurückgeben. Gib mir endlich was zu trinken. Aber der Barmann ist verschwunden, die ganze Bar ist verschwunden, und der Schlüssel in seiner ausgestreckten Hand steckt in einem Schloss.

Auf einem Tisch mit einer Brokatdecke erwarten ihn in dem Zimmer ein großer Krug kaltes Bier und ein Teller mit Spiegelei und Bohnen auf gebratenem Maisbrot. Er hat einen so riesigen Hunger und Durst, dass er sich sofort darauf stürzt und Essen und Trinken runtergehen wie nichts. Zwar schwinden nicht Hunger und Durst, aber doch seine Befürchtungen – wo solche Leckerbissen bereitstehen, gibt es vielleicht noch mehr –, und er spürt, wie sein vom Sattel malträtiertes Rückgrat sich entspannt wie ein gelockerter Violinbogen. Das Zimmer ist mit schweren, geschnitzten Möbeln ausgestattet, die nicht von hier stammen. Auf dem Bett mit dem hohen Kopfteil türmen sich Quilts und feine Daunendecken, die rauen Wände sind mit seidig schimmerndem Papier beklebt, und vor den geöffneten Fenstern wehen Spitzengardinen wie flatternde Schmetterlinge. Schmetterlinge! Er reibt sich das stoppelige, sonnenverbrannte Kinn. Verdammt. Über diese eigenartigen Wesen hat er nicht mehr nachgedacht, seit er in der Wüste ist. Und seitdem – es kommt ihm unendlich lang vor – ist es ein bisschen so, als wäre ihm übel.

Hinter einem handbemalten Paravent steht eine Wanne mit warmem Wasser und Seifenschaum. Muss wohl für ihn bestimmt sein. Wie alles andere hier, dieses Bett zum Beispiel mit seinem einladenden Kopfteil, das aussieht wie die falsche Fassade eines Saloons. Er löst den geflochtenen Skalp vom Revolvergurt, legt alles – Gürtel, Revolver, Messer – auf den Tisch, an dem bereits das Gewehr lehnt, und setzt sich auf den plüschbezogenen Stuhl, um die Stiefel auszuziehen, wobei er als Maßnahme gegen den unglaublichen Gestank durch den Mund atmet. Dann stellt er sich vor den antiken Spiegel mit dem Eichenrahmen, pellt den Rest ab – die zerfetzte Weste und das alte graue Hemd, die Chaps, die Jeans, die schmutzigen, schimmligen Fetzen, die mal seine Unterwäsche waren – und mustert das dürre, geschwürige, vernarbte, verschorfte Etwas, das er ist. Kein besonders schöner Anblick, aber einer, den er mit der blassen, schwarzhaarigen Witwe teilt, die er vorhin gesehen hat und die jetzt im Spiegel hinter ihm steht und seinen nackten Körper mit Mitleid und Bewunderung betrachtet.

Er dreht sich zu ihr um, aber es ist niemand da. Der Raum ist so leer wie zuvor. Irgendwie hat er das auch erwartet. Er knotet das rote, vom Schweiß dunkel verfärbte Halstuch ab und steigt, nur mit seinem Hut bekleidet, in die Wanne, und seine gerade erst von den Stiefeln befreiten Füße genießen die lindernde Wirkung des dampfenden Wassers, das mit Salzen versetzt ist, deren Duft von einem fernen Land erzählt, in dem es Blumen gibt oder gab. Kann sein, dass ihm dieser Duft die eigenartigen Gedanken an Schmetterlinge eingegeben hat. Er bleibt einen Augenblick lang so stehen, damit seine Füße aufquellen und diese neue Seligkeit aufsaugen können, hockt sich dann hin, um seinen geschundenen Hintern und seine Geschlechtsteile an die Wärme zu gewöhnen, und lässt sich schließlich bis zum Kinn ins Wasser sinken. Die Lider fallen wie eiserne Rollläden und zwingen den harten Blick seiner Augen nach innen, zu jenen zarteren Empfindungen, die ihn wie vom Himmel gefallene Familienmitglieder von allen Seiten umarmen.

Das duftende Wasser ist nicht ganz still, sondern scheint ihn – vielleicht weil er es beim Hineinsteigen in Bewegung versetzt hat – zu umströmen, als badete er in einem von heißen Quellen gespeisten, sanft dahinfließenden Bach, der, während er seinen Körper reinigt, auch sich selbst reinigt. Er spürt, wie er von einer Strömung nach oben getragen wird, wie ihre Finger ihn streicheln, wie er von Kopf bis Fuß von warmem, seifigem Wasser liebkost wird wie von den Händen einer Wassernymphe oder einer indianischen Prinzessin, die ihn an den empfindlichsten Stellen berührt und Schmerz in süße Lust verwandelt, denn solche Naturgeschöpfe sind – das hat er jedenfalls mal gehört – bewandert in der Kunst des Heilens mit Wasser. Er versucht die Augen zu öffnen, kann es aber nicht, und also gibt er sich diesen seidigen Zärtlichkeiten hin und nimmt sie als das, was sie zu sein scheinen und höchstwahrscheinlich auch sind – all die Toten, die er gesehen oder selbst umgelegt hat, sind bald davongespült und vergessen oder beinahe vergessen. Er wälzt sich im Wasser hin und her, um seinem oder vielmehr ihrem Streicheln (er denkt an Nymphen und Prinzessinnen) alle Körperöffnungen zugänglich zu machen, und ist ganz Empfindung. Das Wasser wird schwer wie flüssige Schenkel, es rollt, wenn er rollt, die schaumigen Stellen und feuchten Lippen küssen und kitzeln ihn, es macht seinen Geist, seine Seele so rein wie seinen, wie ihren Körper: nackte Brüste, schaumweich, die ihn im sanft vorbeiströmenden Wasser sacht streicheln. In dieser Wasserwelt gibt es keine Witwenkleider. Es gibt überhaupt keine Kleider, denn sie ist – wie er und alle anderen in diesem glücklichen, mit einem freundlichen Klima gesegneten Tal – immer nackt (wie eine junge Maus, hat mal einer gesagt) und trägt nie etwas anderes als die Muscheln und Perlen, die in ihr schwarzes Haar geflochten sind. Hier, wo er jetzt ist, befindet sich alles im Einklang mit der Liebe und der Natur, und jede wahre, passende und natürliche Leidenschaft gilt als angemessen und rechtmäßig. Wie sie ihm mit ihrer stummen, sinnlichen Einwilligung zu verstehen gibt.

Wie ist er hier gelandet? Vielleicht hat er sich verirrt, oder er ist von der Armee geschickt worden, oder ein Sheriff war hinter ihm her, oder er hat planvoll nach einem geheimen Schatz oder nach Selbsterkenntnis gesucht, oder vielleicht hat man ihn auch gefangen genommen und in dieses fremde Land verschleppt, ihn ausgezogen und mit ausgestreckten Armen und gespreizten Beinen auf den Wüstenboden gefesselt, um ihn zu foltern und dann zu töten, was aber die einzige Tochter des großen Häuptlings im letzten Augenblick verhindert, indem sie sich über ihn kniet und der Hand ihres Vaters mit leise geäußerter Bitte Einhalt gebietet, und dabei trägt sie nichts als zart klingelnde Muscheln und Perlen – ein seltener Anblick, der sich ihm so noch nie geboten hat und der ihn, trotz seiner extrem misslichen

Lage, ganz ungemein erregt: Der Beweis für diese Erregung erhebt sich vor den Augen der verblüfften Indianer wie ein feindseliges Totem über der ausgedörrten Ebene. Was wiederum die Männer des Stammes in eine völlig andere Erregung versetzt, und in einer von allen geteilten Wut taumelt ein junger Krieger, einer ihrer Brüder oder ein Verehrer oder beides, mit einem Tomahawk vor, um das verhasste Ding abzuhacken. Um es vor der Zerstörung zu bewahren, oder vielleicht einfach um es vor den Blicken zu verbergen, setzt sich die wunderschöne heidnische Prinzessin kurzerhand darauf. Der plötzliche Schmerz lässt sie aufschreien, ihr kupferbrauner Rücken biegt sich durch, und Blut fließt in einem heißen Strom über seine Lenden. Wie eine Taufe, denkt er, ein Segen, eine süße Erlösung, und dankbar spritzt sein gefesselter Körper die eigene heiße Flüssigkeit wie eine sprudelnde Offenbarung in ihr feuchtes Inneres. Jetzt bleibt dem Stamm nichts anderes übrig. Er ist frei und doch nicht frei: Er ist einer von ihnen.

Das Leben, das nun folgt wie ein Fluss seinem Bett, ist, obgleich stets im Einklang mit der idyllischen Wildnis, nicht immer frei von Schmerzen. Um ihn mit ihrer besonderen Lebensweise vertraut zu machen, spielen seine neuen Brüder Gesichttreten, Feuerwerfen und Pfeilausweichen mit ihm, reiben ihn mit Stinktieröl ein, lassen ihn eine Woche lang ohne Essen und Trinken kopfunter in der Sonne hängen, sperren ihn mit Klapperschlangen ein, durchbohren seine Hodensäcke mit angespitzten Falkenfederkielen, hacken ihm einen Finger ab und befehlen ihm, splitternackt mit einem zwei Meter großen Schwarzbären zu kämpfen. Sie zeigen ihm ihre eigenen Narben und Verstümmelungen, damit er sieht, dass sie ihn nicht quälen wollen – es ist alles bloß Spaß und gehört zu ihrer unbekümmerten Lebensart. Als sie ihn in die Kunst des Skalpierens einführen, geben sie ihm einen wilden Koyoten zum

Üben, vergessen aber, ihm zu sagen, dass es gewöhnlich ratsam ist, den Besitzer des Skalps zu töten, bevor man versucht, ein Messer unter seine Kopfhaut zu schieben – eine Lektion, die er, während er einen zweiten Finger einbüßt, beinahe sofort lernt. Seine stoischen, aber aufmerksamen heidnischen Brüder finden die Folgen seiner Unwissenheit unterhaltsam.

Alles hier spendet Freude, und wenn nicht, dann scheiß drauf – das scheint der Kern ihrer Religion zu sein, soweit er sie versteht. Das weiße Kleinkind zum Beispiel, das der Stamm nach irgendeinem Massaker adoptiert hat, vielleicht demselben, bei dem er selbst gefangen genommen wurde – *wenn* er gefangen genommen wurde –, ist das Maskottchen des gesamten Stamms, bis zu dem Tag, an dem sein Kolikgeschrei den Schlaf des Häuptlings, des Vaters seiner Indianerprinzessin, stört, worauf ihm, dem neuen Schwiegersohn, befohlen wird, das brüllende Balg an den Beinen zu packen und mit dem Kopf an einen Baum zu schlagen, was noch eine der leichteren Arbeiten ist, um deren Erledigung sie ihn bitten. Im Vergleich beispielsweise zur harten Arbeit des Büffelhäutens. Er gerbt die schweren Häute, näht Tipiüberzüge, Umhänge und Leichenhüllen, verfertigt aus den Knochen Messer und Pfeilspitzen, Hacken und Würfel, er macht Seife aus dem Fett und Haarbürsten aus den Zungen, macht Eimer aus den Pansen, Bogensehnen und Zwirn aus den Sehnen und Rasseln aus den ausgeschabten Hodensäcken. All dies lehrt ihn der Stamm mit typischer Geduld und Nachsicht. Außerdem lehrt er ihn, wie man Kehlen schlitzt und Tiergeister von sich Besitz ergreifen lässt, wie man mit nacktem Hintern Mustangs zureitet und seinen Rotz an Hunden abwischt, wie man seine Liebste mit auf einer magischen Flöte gespielten Liedern betört, deren Melodie den Tönen eines brünstigen Elchbullen abgelauscht ist, und Nissen aus den eigenen Achselhöhlen isst.

Die junge Indianerin liebt ihn offen und unverstellt, mit einer Liebe, die so rein und im besten Sinne naiv ist wie das Land ihrer Geburt, ein Land, das verschont geblieben ist von den Übeln der zivilisierten Welt, aus der er stammt und von der seine verräterische Blässe und seine peinliche Unkenntnis der Wigwam-Etikette zeugen. Sie kocht für ihn, sie wäscht ihn, sie versorgt die Wunden, die seine Brüder ihm zugefügt haben, sie schmückt seinen nackten Körper mit gehörnten Kopfbedeckungen, Lederriemen, silbernen Anhängern und Halsketten aus Bärenkrallen, sie gewährt ihm freudig Einlass in alle Körperöffnungen. Sie heilt seine Bauchschmerzen mit Stinkender Zehrwurz und wilder Minze, saugt ihm überschüssiges Schmalz aus den Ohren und sagt ihm die Zukunft voraus. Sie liest aus seinen Händen, aus seinen Augen und aus den Gedärmen eines toten Dachses, dass sein altes Leben ihn nach vielen Monden wieder verlocken wird. Dann wird er sie und seine neuen Brüder und Schwestern verlassen, und sie wird an gebrochenem Herzen, wenn nicht Schlimmerem, sterben. Er glaubt ihr nicht, und das sagt er ihr auch und schlägt dabei an seine Brust, wie man es ihm beigebracht hat, und doch weiß er irgendwie, dass es wahr ist.

Zuvor jedoch müssen sie heiraten – etwas, von dem er in seiner Unwissenheit angenommen hat, sie hätten es bereits getan –, und zur Vorbereitung muss er sich einem Reinigungsritual unterziehen, das als Tanz des irregeleiteten Bräutigams bekannt ist. Der Medizinmann schneidet ihm zu beiden Seiten seiner Brustwarzen Löcher in die Haut, durch die er Lederriemen mit kleinen Holzpflöcken zieht, und dann muss er tanzen und die Riemen spannen, bis die Pflöcke herausreißen. Als sie das nicht tun, zieht man ihn mittels der Riemen am Hauptpfosten der Medizinhütte hoch und bindet Büffelschädel an seinen Füßen und seinem Schwanz fest (ein Akt der

Gnade, wie seine Brüder ihm mit ernstem Augenzwinkern und mitfühlendem Nicken versichern), und die älteren Krieger stoßen im Rhythmus der Trommeln mit Pfeilen und Speeren nach ihm und ritzen religiöse Symbole in seinen Hintern. Glücklicherweise folgt, sobald der erste Pflock herausgerissen ist, der zweite bald nach, erfährt er, doch inzwischen ist der Schmerz so gewaltig, dass er zeitweilig das Bewusstsein verliert und in Albträume über die Verderbtheit der Zivilisation eintaucht, in die Schrecken des Kosmos, wie sie anhand von Geschichten aus dem Reich der Tiere dargestellt werden, in die Visionen seiner Braut: Ja, er wird sie verlassen – der Schmerz, der sein Herz umschließt, verrät es ihm. Vielleicht wird er ihr sein trauriges Lebwohl sagen, während er neben ihr im Buchenwald liegt, wo das Eichhörnchen springt, der Hirsch grast und die Drossel ihr wehmütiges Lied singt. Oder während er sie von hinten nimmt, wenn sie am murmelnden Bach kniet und die Zeremonienhemden und -lendenschurze ihres Vaters wäscht und er sie reiten kann wie ein Pferd, mit ihren Zöpfen als Zügel. Oder vielleicht wird er damit warten, bis sie ihr letztes herrliches Bad nehmen. Sie hat diesen Abschied vorhergesagt und kann nicht überrascht sein, und doch scheint ihr schönes Gesicht vor Entsetzen ganz dunkel und flach zu werden, als er es ihr sagt, und ihre Augen verengen sich zu Schlitzen, ihre Backenknochen treten vor Zorn hervor, und sie schürzt die Lippen in unaussprechlicher Wut. Ihre starken Hände schließen sich um seine Kehle und drücken ihn unter Wasser. Er muss um sein Leben kämpfen und schlägt verzweifelt um sich, doch ihr Körper ist nicht mehr da, nur ihre Hände mit den scharfen Nägeln, die seinen Hals umklammern und ihn tiefer und tiefer unter Wasser drücken … *Nein! Aufhören! (Blubb!) Ich (Blubb!) bleibe bei dir! Ich …*

Er holt tief Luft und inspiziert im eichenholzgerahmten Spiegel seine neuen Kleider: ein wildledernes, perlenbesticktes Hemd mit Fransen und eine dazu passende Hose, beides weich und goldbraun gegerbt, blank geputzte, mit Duell-, Lagerfeuer- und Stampedeszenen gepunzte Stiefel, silberne Sporen, einen weißen Zehn-Gallonen-Hut, ein weißes, seidenweiches Halstuch und einen handgenähten Revolvergurt. Das alles sitzt so ungewohnt knapp, als wäre sein Körper während des langen Bades aufgequollen. Er ist rasiert, seine Haare und Fingernägel sind geschnitten. Er zieht ein Paar schneeweiße Glacéhandschuhe, so dünn wie Babyhaut, an und zählt seine Finger: alle noch da. Seine alten Sachen sind verschwunden bis auf den Hut, der auf dem seifigen Wasser im Badezuber schwimmt, und den Skalp mit dem geflochtenen Haar, der nun an seinem neuen Gürtel hängt. Dort findet er auch ein Paar gravierte, versilberte Peacemaker mit Griffschalen aus Elfenbein und, in einer Lederscheide, sein altes Bowiemesser, so geputzt und poliert, dass er sich in der Klinge spiegeln kann. Der Hirschhorngriff ist, wie als Hinweis auf seine jüngste Geschichte, mit einigen silbernen Nieten versehen worden. All dies befühlt er nachdenklich, ebenso die neue Winchester mit dem handgeschnitzten Mahagonischaft und den ziselierten Messingbeschlägen, die am Tisch lehnt, und grübelt dabei über seinen alten, einst sandbraunen Hut, der jetzt, da er sich mit Wasser vollgesaugt hat, dunkler ist und düster auf der kalten grauen Oberfläche des Badewassers treibt wie ein zerfallendes Floß. Oder wie der aufgedunsene Rücken von etwas, das schon lange tot ist.

Hlo, Cowboy. Es ist die Sängerin mit den rotblonden Locken und dem Rubin in der Wange, die auf dem Bett liegt, in einem seidenen schwarzen Nachthemd, das mit Schlitzen versehen ist, damit man ihre gepuderten Brüste mit den roten

Brustwarzen sehen kann. Er mustert sie, dreht sich dann um und greift zum Gewehr, um Gewicht und Balance zu prüfen. Gute Reichweite, liegt hervorragend in der Hand, aber auf kurze Distanz vielleicht nicht tödlich, und die Leute, die er hier in der Wüste erledigt hat, musste er aus nächster Nähe erledigen. Vielleicht wird er ein paar Zentimeter absägen müssen. Komm her zu mir, Schätzchen, und tröste eine arme Witwe mit schwerem Herzschmerz und einsamer Muschi, die einen plötzlichen, schrecklichen Verlust zu beklagen hat.

Tut mir Leid, Mam. Ich bin nicht so der Tröster.

Jetzt komm her und lass deinen Schwanz in dem verdammten Ding tanzen – meine Dose nimmt's nicht so genau damit, wer oder was du bist.

Vielleicht ein andermal.

Sei doch nicht so grausam, Kleiner. Siehst du nicht, wie du mich quälst? Was ist denn los mit dir?

Keine Ahnung. Er seufzt und sieht auf. Ihre bleichen Brüste sind ein wenig gesackt und haben ihre Spannkraft verloren, die Brustwarzen zeigen niedergeschlagen auf den Bauch. Ich hab gedacht, ich ertrinke.

Sie merkt, dass er sie anstarrt, nimmt ihre Brüste in beide Hände und zielt damit wieder auf sein Gesicht. Na komm her, Schätzchen, sagt sie. Komm her und leg deinen Kopf hierhin und erzähl mir mehr davon.

Da gibt's nichts zu erzählen. Ich war unter Wasser. Und dann nicht mehr.

Na so was, würden anständige Leute jetzt sagen. Aber komm doch 'n bisschen näher. Dieser schwere Verlust hat irgendwas mit meinen Ohren gemacht – ich kann dich da drüben kaum hören.

Macht nichts. Er dreht sich wieder um, betrachtet sein Spiegelbild und fragt sich, warum man ihn so ausstaffiert hat. Er fühlt sich äußerst stark und zugleich stark beunruhigt. Seltsames Land. So viel leerer Raum, man kann meilenweit sehen. Und doch wird er das Gefühl nicht los, dass, ganz gleich, wohin er sich wendet, immer irgendwer oder irgendwas hinter ihm steht.

Wir wissen doch, dass du ein Bild von einem Mann bist, mein Zuckerbär, aber es ist nicht recht, keinem was davon abzugeben. Komm her und nimm mich mal 'n bisschen in den Arm. Das ist doch nicht zu viel verlangt, oder?

Tut mir Leid, Mam. Ich hab was zu erledigen. Ich weiß zwar nicht genau, was, aber ich hab irgendwas mit den Männern da unten laufen, und es ist noch nicht vorbei.

Ach die! Die sind gar nichts! Du hast ja gesehen, wie sie eine Dame behandeln!

Hab ich. Na, dann. Er öffnet die Tür und tritt mit gespanntem Gewehrhahn auf die Galerie. Unter seinen neuen Stiefeln knirscht Sand. Er zerreißt die Spinnweben: ringsum nur unbestimmtes murmelndes Zwielicht. Unten, im dunklen, leeren Saloon, liegt das demolierte Mobiliar kreuz und quer herum, dekoriert mit Spielkarten, alten, leeren Flaschen, Pokerchips, dem einen oder anderen zerbeulten Hut oder Stiefel ohne Absatz – Zeugnisse einer bewegteren Vergangenheit. Die schon lange vergangen ist: Auf allem liegt eine Staubschicht wie ein schmutziges Leichentuch. Neben dem zerbrochenen Glücksrad ist der Flügel in die Knie gegangen und grinst ein starres, vergilbtes Grinsen, das Gegenbild zu dem, das sich auf seinem entsetzten Gesicht ausbreitet. Er weicht zurück in das Zimmer, das er eben verlassen hat, und drückt die Tür zu.

Na so was, sagt die Stimme aus dem Bett. Was für 'ne unerwartete Überraschung. Ich freu mich immer über Besuch.

Da draußen ist keine Menschenseele, sagt er.

Die sind wohl noch nicht bereit für dich, sagt sie und

klopft auf die mit schwarzem Satin bezogenen Kissen. Auf dem Nachttisch stehen eine Flasche und zwei Gläser, und sie hat sich eine Zigarette angezündet, deren Rauch süßlich riecht. Sieht so aus, als hättest du 'ne Menge Zeit totzuschlagen, Cowboy.

Tja. Gibt's noch 'ne andere Sorte Zeit?

Da lächelt sie, und ihre Brüste werden wieder straff. Das ist schon viel besser. Dann komm mal her, mein Zuckerbär, und lass dir zeigen, wie man diese Hosen auszieht.

Diesmal warten die Männer schon auf ihn, als er aus dem Zimmer tritt, noch damit beschäftigt, die Hose zuzubinden. Bevor er ziehen kann, packen sie ihn und drücken ihn an die Wand, und er denkt, er ist ein toter Mann, doch dann heben sie ihn unsanft auf ihre Schultern, tragen ihn die Treppe hinunter in den gerammelt vollen Saloon und singen dabei *Eingefangen und zugeritten*. Der bucklige Klavierspieler mit dem weißen Hemd und den gelben Hosenträgern spielt die mutmaßliche Melodie im Marschrhythmus, während die anderen im Takt klatschen, auf den Holzboden stampfen oder mit Flaschen auf die Tische klopfen.

Sie stellen ihn auf den runden Pokertisch in der Mitte des Raums und drängen sich um ihn, sodass er keine Chance hat, die Tür oder auch nur den Boden zu erreichen. Wahrscheinlich könnte er sich den Weg freischießen, aber das könnte übel werden, und außerdem: Wo sollte er dann hin? Draußen ist nur diese gottverlassene Wüste. Also richtet er sich fürs Erste zu seiner ganzen Größe auf, steht mit in die Hüfte gestemmten Händen da, sieht gleichmütig auf sie herab und wartet auf das, was als Nächstes passiert.

Mann, seht euch die Klamotten an, Jungs!

Jui! Sieht aus, als wär er von innen beleuchtet!

Das blendet einen ja, wenn man bloß in die Richtung sieht!

Die Luft ist von einem eigenartigen Geruch erfüllt, einem Geruch, den er nicht mitgebracht hat. Er braucht einen Augenblick, um zu erkennen, dass es sich um den Geruch von frisch gebratenem Fleisch handelt. Seine Nase saugt diese Rarität auf wie die Wüste einen unvermittelten Regenschauer. Wie er jetzt im flackernden Lampenlicht sieht, schwenken die Männer zu seinen Füßen abgenagte Knochen, mit denen sie auf die Tische schlagen. Sie lachen und rufen, den Mund voll halb zerkautem Fleisch, das sie mit Whiskey hinunterspülen. Den scheint's umsonst zu geben. Er sieht über ihre behaarten, behuteten Köpfe hinweg durch die Schwingtür. Draußen ist es Nacht. Er weiß nicht genau, wo der Tag geblieben ist.

Auf dich, Champion!, ruft ein Graubart mit zusammengekniffenen Augen und einem Strohhut, dem die Krone fehlt, hebt sein Glas und trinkt es in einem Zug aus. Er vollendet seinen Trinkspruch mit einem saftigen Rülpser, auf den seine Nachbarn ebenso volltönend antworten. Sie knallen die leeren Gläser auf die Tische, es wird noch mehr Whiskey eingeschenkt, der die allgemeine Erregung weiter anheizt.

Der stinkt aber schön!

Wie heiße Muschi!

Seht euch bloß mal die silbernen Kanonen an!

Und die Stiefel mit den Bildern!

Das Messer mit den ganzen Nieten!

Kannste mal sehen!

Der Cowboy da hat's drauf, Mann!

Sollte sich auch 'n paar Nieten in den Schwanz hauen!

Es wird wohl 'n hartes Stück Arbeit sein, den zu finden, nach dem, was er da oben mitgemacht hat!

Ha! Kann sein, dass das 'n hartes Stück Arbeit ist, aber das ist da dran dann auch so ziemlich das einzige Harte!

Sie brechen in schmutziges Gelächter aus und pfeifen und johlen und stürzen den Whiskey hinunter und schenken sich neuen ein. Ihm ist nicht ganz klar, was daran so witzig ist, aber was es auch ist – er ist im Mittelpunkt davon. Er würde gern vom Sockel steigen und sich ihren Blicken entziehen, aber sie drängen sich so dicht um ihn, dass er keine Lücke sieht. Er kommt sich vor wie eine Flasche, die einer auf einen Felsen gestellt hat, um darauf zu schießen. Der spinnenbeinfingrige Bucklige, der sich über die Tasten des Flügels beugt, hat inzwischen zu *Ich war's nicht* übergeleitet, ein Lied über einen Revolverhelden, der den Richter davon überzeugen kann, dass nicht er den Mann erschossen hat, sondern sein Revolver, sodass der Richter ihn laufen lässt und den Revolver hängt, und nun schnaufen und johlen alle, werfen Steakknochen in die Luft und fallen in den Refrain ein.

Ich war's war's WAR's nicht!

Er hätte nichts dagegen, ein bisschen an diesen Knochen zu nagen, aber er kann es nicht sagen, und keiner fliegt so nahe vorbei, dass er ihn fangen könnte. Doch dann imitiert der Bucklige am Flügel ganz unvermittelt einen Trommelwirbel und eine Fanfare, die Menge bildet eine Gasse, und ein verschlafen wirkender Halbindianer mit Nadelstreifenhose, rotem Unterhemd und Zylinder schreitet hindurch, als wäre er aus dem sich drehenden Glücksrad getreten, und trägt feierlich einen Steingutteller, auf dem irgendetwas Essbares liegt.

Da sind sie, Junge!, sagt ein großer, kahlköpfiger Mann mit einem langen, geschwungenen Schnurrbart und einer grässlichen Narbe quer über seinem Gesicht. Wir haben dir das beste Stück aufgehoben!

Das Beste vom Besten!

Haben wir für dich aufgehoben!

Du hast sie dir wahrscheinlich *verdient*!

Du musst nachladen, Kleiner!

Auf dem Teller liegen zwei große, rohe, noch blutige Hoden, die wie behaarte Herzen pulsieren. Ihm kommt der Gedanke, dass das, was sie gerade verspeist haben, höchstwahrscheinlich sein Mustang war. Nein, danke, sagt er. Ich hab schon gegessen.

Natürlich weiß er, dass ihm die lahme Ausrede nichts nützen wird, und so ist es auch. Ich würde sagen, diese rohen Prärieaustern sind nur für dich, Champion, sagt der Alte mit der Narbe ungerührt und lässt mit einer Ladung Tabaksaft einen unsichtbaren Spucknapf erklingen. Die anderen haben die Gasse wieder geschlossen und murmeln einen beunruhigend unnachgiebigen Refrain. Überall im Saloon sind Revolver gezogen worden.

Widerwillig nimmt er den Teller, den man ihm aufnötigt. Die Männer drängen sich grinsend um den Tisch, um Zeugen dieses kleinen Imbisses zu sein. Sie saugen an Flaschen und lecken sich die fettigen Finger ihrer freien Hand.

Pass bloß auf, dass du dir die neuen Wildledersachen nicht dreckig machst!

Die *sind* aber auch hübsch! So weich wie Seide!

So weich wie der Hintern der Lehrerin! Stimmt's, Kleiner? Als er nicht antwortet, fragen sie ihn nochmal: *Stimmt's,* Kleiner?

Weiß nicht, antwortet er vorsichtig, dreht und wendet das dubiose Zeug auf dem Teller hin und her und riecht daran. Ich hab den Hintern der Lehrerin nie gesehen.

Das lässt sie wieder johlen und brüllen und in die Luft schießen. Wenn es ihm irgendwie gelänge, sie zu überraschen, könnte er es vielleicht schaffen, hier rauszukommen, aber ihm fällt nichts ein, das jetzt überraschend genug wäre. Also los, hau rein, verdammt, knurrt der große, narbengesichtige Mann mit der schimmernden Glatze, als der Lärm sich ein wenig gelegt hat, und zeigt mit seinem Revolver auf den Teller. Bevor wir ernsthaft sauer werden!

Die Hoden sind so appetitlich wie knorpelige, mit Urin getränkte Schwämme und verströmen einen starken Geruch nach Mustangarsch, doch er hält die Luft an, würgt die Dinger hinunter und beobachtet die Beobachtenden, um zu sehen, ob ihre rotäugige Aufmerksamkeit nachlässt. Wenn er die Hoffnung hatte, diese Sache schnell hinter sich bringen zu können, so zerschlägt sie sich schnell. Der zähe, gummiartige Hodensack widersteht seinen mahlenden Zähnen, und um nicht kotzen zu müssen, schluckt er das blutige Zeug schließlich unzerkaut hinunter, was ewig zu dauern scheint und ihn, so kommt es ihm vor, halb umbringt. Jedenfalls werden alle vagen Pläne, seine neuen Revolver zu ziehen und sich den Weg hinaus freizuschießen, von der überwältigenden Übelkeit, die ihn packt und seine Knie weich werden lässt, zunichte gemacht. Er schließt die tränenden Augen und konzentriert sich auf den simplen Vorgang des Schluckens, und als der Klumpen endlich in Richtung Magen rutscht und er die Augen öffnet, stellt er fest, dass der Revolvergurt und die wildlederne Hose verschwunden sind und sich zwischen Tisch und Flügel eine Gasse geöffnet hat. Noch schlimmer ist, dass ihn eine schreckliche Geilheit überkommen hat, so gewaltig und verstörend, dass die Vorstellung, jemand könnte silberne Nieten in sein plötzlich enorm angeschwollenes Glied hämmern, ihm nicht wie eine Drohung vorkommt, sondern Erleichterung verheißt. Es fühlt sich an, als würde es jeden Augenblick platzen wie eine Wurst, die zu heiß gebraten wird.

Hau! Sieht so aus, als würden die Pferdeeier wirken!

Wird Zeit, dass er sich die Lehrerin vornimmt!

Der Tisch wird nach vorn gekippt, und er knallt mit dem

Hintern auf die Platte und rutscht auf den Boden. Am anderen Ende der Gasse ist die bleiche Witwe, die er schon zweimal gesehen hat. Sie ist in großer Not, denn sie liegt auf dem Flügel und wird von einigen Männern festgehalten. Er stolpert auf sie zu, um sie zu retten – oder jedenfalls denkt er das –, und wird hinten geschoben und gestoßen und vorn von seinem bebenden Schwanz vorangezogen. Ihre Arme und Beine sind ausgestreckt, sie weint und wirft den Kopf hin und her, sodass ihr straffer, dunkler Haarknoten sich löst, und das schwarze Kleid hat sich um ihren Körper geschlungen. Entsetzt schreit sie auf, als sie das Ausmaß seiner Erregung sieht, sie windet sich und bettelt um Gnade. Keine Sorge, Mam, ist alles in Ordnung, keucht er und packt das Anstoß erregende Ding mit beiden Händen, ist aber nicht sicher, ob das auch stimmt. Er kann es nicht mal festhalten – es entwindet sich seinem Griff und scheint ein sprunghaftes Eigenleben zu besitzen.

Da ist sie, Kleiner, knurrt ein unrasierter, schielender Zwerg mit Koteletten. Nun mal los!

Ich kann nicht! Ich … ich hab gerade!

Nein, hast du nicht, sagt der Zwerg und stiert in zwei verschiedene Richtungen. Nicht mit so was, Cowboy.

Hat übrigens keiner hier, Kleiner. Wir haben sie für dich aufgehoben.

Das Oberteil ihres Kleides ist aufgerissen, die Röcke sind zurückgeschlagen, das kompliziert geknüpfte Mieder ist freigelegt. Und auch die Nähe ihres Fleisches ist spürbar, ihre Ehrfurcht gebietende Körperlichkeit unter dieser zarten Hülle. Diese Hülle, diesen dünnen schwarzen Panzer, wird er verteidigen, mit seinem Leben, wenn es sein muss, auch wenn seine Hände den Stoff im selben Augenblick zerfetzen, ohne dass er es ihnen befohlen hätte. Er ballt die Fäuste, damit die scharfen Fingernägel keinen Schaden anrichten, und die Fäuste schlagen wild durch die Luft, als wollten sie der Herrschaft der Arme entkommen. Keine Angst, Mam, ich war grade dabei zu gehen, schnauft er, während seine Hüften sich mit der Kraft eines brünstigen Bullen zwischen ihre gewaltsam gespreizten Beine schieben. Er ist über die unkontrollierbare Gewalt seines Körpers ebenso entsetzt wie die sich windende Frau unter ihm.

Was ist los, Mann? Weißt du nicht, wo man das Ding reinsteckt?, fährt ihn ein dicker Mann mit Ziegenbärtchen, schwarzem Stringtie und dem langen Jackett eines Berufsspielers an. Ärgerlich wirft der Mann seinen Zigarrenstummel weg und packt den zuckenden Schwanz, um ihn ins Ziel zu steuern. Das ist zu viel. Seine fuchtelnden Fäuste sehnen sich danach, auf etwas Festes zu treffen – erleichtert fährt er herum und schlägt den dicken Mann mit solcher Wucht ins Gesicht, dass dessen rote Nase völlig in seinem Kopf verschwindet; es braucht einen kräftigen Ruck, um seine Faust zu befreien. Der dicke Mann fällt hintenüber. Das Ziegenbärtchen ragt jetzt wie ein Staubwedel über dem runzligen, weichen Loch zwischen seinen Augen auf, die sich sacht berühren wie Billardkugeln.

Obgleich der Schlag Kopf und Hände für einen kurzen Augenblick von ihrem zwanghaften Wüten befreit, sucht sein Schwanz unbeirrt sein Ziel. Als er gegen die letzte samtige Befestigung anrennt, sieht sie ihn flehend an und bittet ihn, wenigstens mit ihr zu beten, bevor er seine schreckliche Absicht in die Tat umsetzt, und sie nickt in Richtung einer Bibel, die neben ihr auf dem Flügel liegt. Mit Vergnügen, Mam, stöhnt er, und seine Hände greifen nach dem Buch, als wollten sie es in Stücke reißen. (Hat er die letzte Bastion bereits genommen? Etwas Weiches, Feuchtes, Behaartes …) Er stellt fest, dass die Seiten ausgeschnitten sind und eine alte Pistole mit schwarzem Ledergriff darin liegt. Blitzschnell packt er sie und schießt auf die Galgenvögel, die sie umringen, und zwar zuerst auf die betrunkenen Kerle, die die Frau festhalten. Die Getroffenen fallen wie Senkbleie zu Boden, und die anderen rennen davon, als würden sie von einem Sturmwind hinausgeweht. Er spürt ein machtvolles Aufwallen in den Lenden – es ist so gewaltig, dass er einen Augenblick lang nichts mehr sieht.

Als er die Augen aufschlägt, liegt er mit nacktem Hintern bäuchlings auf dem Flügel. Der Saloon ist leer bis auf die Toten, die wie halb gefüllte Säcke aussehen, und den buckligen Klavierspieler mit den gelben Hosenträgern, der allein auf dem Hocker sitzt, ein selbst gedrehtes Zigarillo zwischen den schmalen Lippen, und eine kleine Melodie spielt, in der er ein spöttisches Kinderlied erkennt. Selbst die schöne Witwe ist verschwunden, ebenso wie alle Spuren seiner mächtigen Entladung, die Bibel, die Pistole und seine schreckliche Geilheit. Immerhin ist seine Wildlederhose noch da. Sie hängt neben dem Gurt mit den hübschen neuen Revolvern und den weißen Glacéhandschuhen, deren Fingerspitzen abgeschnitten sind, über einer Stuhllehne.

Was für 'n Verhältnis hast du zum Gesetz, Kleiner?, fragt ihn der Klavierspieler an dem auf und ab hüpfenden Tabakstäbchen vorbei, als er vom Flügel steigt, die Hose anzieht und sich den Revolvergurt umschnallt. Das Kinderlied ist in etwas Elegischeres übergegangen. Eine Totenklage vielleicht.

Überhaupt keins. Bist du der Sheriff?

Nein. Bloß Hilfssheriff. Wir sind im Moment 'n bisschen knapp mit Sheriffs. Suchst du 'n Job?

Ich glaub nicht, sagt er, stellt aber fest, dass ihm offenbar keine andere Wahl bleibt. An seinem fransenbesetzten Hemd steckt bereits ein Abzeichen: ein verbogener Stern, blutbefleckt, mit einem Einschussloch.

Hlo, Sheriff.

Hey, Sheriff, wie geht's, wie steht's?

Die Männer auf der Straße grüßen freundlich und ziehen die Hüte, als er und sein Hilfssheriff im glasigen Mittagslicht aus dem Saloon auf den Bürgersteig aus Brettern treten. Er tippt an die Krempe seines riesigen Hutes; die andere Hand umklammert das gespannte Gewehr, denn er ist sich über die wahren Absichten dieser Leute noch nicht im Klaren. Sie zerren einen beleibten Mann mit gerötetem Gesicht, zerknautschtem Zylinder und dreiteiligem Anzug zu dem Galgen, der gerade mitten auf der staubigen Straße zusammengezimmert wird.

Was ist hier los?, will er wissen, denn er hat das Gefühl, dass es jetzt seine Aufgabe ist, sich für derlei Aktivitäten der Bürgerschaft zu interessieren.

Ach, das ist bloß der Bankdirektor, Sheriff. Es ist einfach nicht gerecht, dass er das ganze Geld hat und wir keins, und darum hängen wir ihn auf. Die Taschen des kleinen, dicken Mannes sind vollgestopft mit Aktien, Wertpapieren und Geldscheinen, und auch unter seinem Hut und aus den Stiefelschäften quellen Banknoten hervor. Eine Spur aus Papier zieht sich vom Eingang der Bank hinter ihm her und wird vom Wüstenwind verweht.

Aber muss einer nicht vor Gericht gestellt werden, bevor man ihn aufhängt?

Ha, Sheriff! Jetzt aber!

Für so 'n Mist haben wir keine Zeit.

Na ja, ich mach diesen Job noch nicht lange, aber irgendwie finde ich das nicht richtig.

Aber hier macht man das so, Sheriff. Das haben wir schon immer so gemacht.

Du willst doch nicht was ändern, was schon immer so war, oder, Sheriff?

Ich will gar nichts. Bloß meinen Job richtig machen.

Die Männer haben sich vor ihm aufgebaut, als wollten sie ihn vor die Wahl stellen, sie entweder gewähren zu lassen oder großen Ärger zu kriegen. Ihre Gesichter liegen in den schwarzen Schatten ihrer Hutkrempen. Er hat keine Angst vor ihnen, er verspürt sogar die Versuchung, es auf einen Kampf mit diesem Abschaum ankommen zu lassen, aber möglicherweise sind sie ja im Recht – was weiß er denn schon? Er ist neu in dieser Branche. Tja, na gut, sagt er und räuspert sich. Aber nur dieses eine Mal.

Sie grinsen ihr beschattetes, gelbliches Grinsen im unbarmherzigen Gleißen der Mittagssonne, und er sieht zu, wie sie den verurteilten Bankdirektor durch den Staub zum Galgen zerren. Sein dürrer Hilfssheriff steht, das Zigarillo zwischen den schmalen Lippen, neben ihm und schweigt, und ihm ist ein bisschen unbehaglich zumute – als hätte er zu wenig oder zu viel gesagt oder getan. Was hältst du davon?, fragt er ihn. Der Sheriffstern an seinem Lederhemd scheint direkt auf der Haut zu liegen, und der aufgewölbte Rand des Einschusslochs drückt wie eine heiße Ausstechform auf seine linke Brustwarze. Als hätte er als Gedächtnisstütze einen Faden um den Finger gewickelt und dann angezündet. Was machen wir jetzt?

Weiß nicht, sagt sein Hilfssheriff und nimmt mit spitzen, knochigen Fingern das Zigarillo aus dem Mund. Er hustet einen Brocken Schleim heraus, spuckt ihn in einen Wassertrog, der ein paar Meter entfernt steht, und steckt das Zigarillo wieder zwischen die Lippen. Schätze, wir sollten mal zur Bank rübergehen.

Der Hilfssheriff zieht seine Hose hoch und macht sich auf kurzen, krummen Beinen und mit wiegenden Schritten auf den Weg, und der Sheriff folgt ihm, als gehörte er hierhin. Na ja, vielleicht gehört er ja wirklich hierhin. Er gehört jedenfalls nirgendwo anders hin, und das hier ist immerhin besser als seinen Arsch ganz allein durch die Wüste da draußen zu bewegen. Bis jetzt war er immer so heimatlos wie der Schatten einer Wolke – mit diesen Worten hat ein alter Cowboy, der im Sterben lag, sich selbst beschrieben –, aber ob das seine freie Entscheidung oder Zufall oder Schicksal war, weiß er nicht. Er ist einfach immer in Bewegung geblieben, als wäre Bewegung dasselbe wie Atmen und als könnte es, wenn man mit dem einen aufhörte, auch mit dem anderen vorbei sein. Vielleicht hat er sich bei dem sterbenden Cowboy angesteckt wie mit einem Schnupfen oder mit Sackratten. Es gab allerdings eine Zeit, erinnert er sich oder glaubt er sich zu erinnern, da hat er sich für kurze Zeit niedergelassen und es mit der Schafzucht versucht. Eines Abends hat er beim Keno zwanzig Dollar gewonnen und mit dem Geld eine ganze Ranch gekauft, komplett mit hundert Schafen, einem Kartoffelacker, einer Frau und sechs oder sieben Kindern. Damals kam es ihm so vor, als habe er ein gutes Geschäft gemacht, obwohl der Verkäufer, ein hünenhafter Mann mit blondem Bart und stahlblauen Augen, grinste, als er das Geld einstrich. Er lernte Hüten, Scheren und Schlachten, er schuftete und wäre vielleicht als Schafzüchter gestorben, denn es schien etwas zu sein, das die Mühe wert war, auch wenn er in Wirklichkeit jede Minute hasste. Aber dann kamen eines Tages die Cowboys und brachten seine Familie um, zündeten das Haus an, erschossen die Schafe, rissen die Kartoffeln aus der Erde und pissten auf alles, um das Gras zu verbrennen und die Lebensmittel zu verderben, und das war das Ende seines Zwanzig-Dollar-Abenteuers als Schafzüchter. Er weiß noch, als wäre es gestern gewesen, wie er dastand und auf die weite Fläche voller toter, bepisster Schafe sah. Sie lagen herum wie muffige, nasse, vom Himmel gefallene Wolken und wirkten in dieser kargen Landschaft so unpassend und fehl am

Platz wie er selbst, doch es gelang ihm, sie – ohne ihren traurigen Zustand zu erwähnen – bei seinem Nachbarn gegen einen alten Ackergaul einzutauschen, auf dem er diese Gegend verließ, ohne sich noch einmal umzudrehen. Seine Erinnerung an seine zeitweiligen Familienmitglieder ist weniger deutlich: Er weiß nur noch, dass sie, bevor sie erschossen wurden, eine Menge aßen. Etwas später traf er den Mann wieder, der ihm die Ranch verkauft hatte, und der Bursche, der inzwischen als Holzfäller und Eisenbahnarbeiter gearbeitet hatte, bemerkte bei einem Schwätzchen über einem Glas Whiskey, Grundbesitz sei nichts weiter als der Versuch, sich ein Grab zu sichern und so die Dinge zu früh zu einem Ende zu bringen. Der Tod ist unterhaltsamer, sagte er, den Revolver auf dem Tisch, mit einem müden Blinzeln seiner blauen Augen, wenn er sich unbemerkt an dich ranschleichen kann, gerade wenn du denkst, du hast ihm ein Schnippchen geschlagen.

Er und sein Hilfssheriff folgen der Spur aus Geldscheinen über die glühend heiße Straße zur Bank, und als sie am Claims-Büro vorbeikommen, das seit dem letzten Mal die Straßenseite gewechselt und sich halb umgedreht zu haben scheint, hört er von drinnen einen Streit. Ich sag, dass du 'ne rotzhässliche Ödnase bist, ruft einer, und ein anderer antwortet: Und ich sag, dass ich dir deinen Rattenarsch wegpuste! Es fallen Schüsse, und jemand stürzt durch ein Fenster.

Hm. Sollten wir da nicht mal nachsehen?, fragt er, die verschwitzte, glacébehandschuhte Hand am Revolvergriff.

Ach was, scheiß drauf, Sheriff. Wie sollen wir unsere Arbeit machen, wenn du dich von jeder Kleinigkeit ablenken lässt?

Sein Hilfssheriff scheint unterwegs seinen Buckel verloren zu haben und muss jetzt seinen Hut abnehmen und sich ducken, als er in die Bank tritt. Drinnen ist alles kurz und klein geschlagen, das Mobiliar ist auf einem Haufen zusammengeworfen, die Fenster sind mit Einschusslöchern gesprenkelt, an den Wänden stehen schmutzige Wörter, und überall liegt Geld herum. Ein kleiner Junge schlüpft hinter ihnen herein und hebt eine Münze auf, und der Hilfssheriff wirbelt herum und erschießt ihn. Kleine Diebe kann ich nicht ausstehen, knurrt er, ohne das Zigarillo aus dem Mund zu nehmen, hebt den Leichnam des Jungen auf und hängt ihn an einen Kleiderhaken. Der Hilfssheriff hat, wie er erst jetzt bemerkt, eine hässliche Narbe über einem Auge bis hinunter zur anderen Wange. Wenn die gelben Hosenträger nicht wären, könnte man ihn glatt für einen anderen halten. Weißt du was, Sheriff? Wenn's drum geht, Gerechtigkeit auszuteilen, sagt er, und das Zigarillo hüpft auf und ab wie ein drohender Finger, könnte man fast meinen, dass du 'n bisschen langsam bist.

Mann, Sheriff, das wurde aber auch Zeit, dass du dich mal hier blicken lässt, begrüßt ihn der Kassierer, steckt die Nickelbrille ein und zupft die Ärmelhalter zurecht. Hier war jede Menge los, und ich hatte keinen, der mich mal kurz vertreten konnte, und dabei brauch ich dringend ein Schlückchen. Wie wär's, wenn du dich hier an den Schalter setzt – dann könnten der Hilfssheriff und ich unsere Stimmbänder ölen.

Aber ich hab keine Ahnung vom Bankgeschäft.

Ha, ich auch nicht, Sheriff. Das Ganze ist mir ein Scheißrätsel.

Sein Hilfssheriff legt ihm einen kalten, knochigen Arm um die Schultern und flüstert ihm heiser ins Ohr: Pass auf die Goldnuggets in dem Safe da drüben auf, Sheriff. Sein Atem riecht nach verfaultem Leder. Er und der Kassierer machen sich auf den Weg zum Saloon, stecken dabei die Köpfe zusammen und lachen schmutzig, und er geht zum Safe und sieht hinein: keine Nuggets, kein gar nichts, bloß Rattenscheiße und ein paar kranke Fliegen. Trotzdem versucht er die Tür zu schließen, doch sie fällt aus den Angeln, donnert mit einem gewaltigen *Kerwump!* auf den Holzboden, verfehlt dabei nur knapp die Spitzen seiner neuen Stiefel und wirbelt Geldscheine auf, die aussehen, als wären sie flatternde Hühner oder dürre, in einem plötzlichen Windstoß tanzende Blätter – eine Erinnerung an eine halb vergessene Zeit, in der es Bäume gab, ganze Wälder, lange bevor er in die Wüste geritten ist.

Er streift die weißen Glacéhandschuhe ab, damit Luft an seine Hände kommt, klemmt, da ihm nichts Besseres einfällt, das Zigarillo in den Mundwinkel (er erinnert sich, dass der Hilfssheriff ihm, bevor er ging, den halb gerauchten Stummel wie eine Art Vorschuss in dem Mund gesteckt und schief grinsend mit seinem langen, knochigen Finger an dem Sheriffstern gezupft hat, was in seiner Brust ein Stechen auslöste, das sich anfühlte wie ein plötzlicher Zahnschmerz) und fegt das verstreute Geld mit einem Besen in einer Ecke zusammen. Es ist heiß und stickig in dem Gebäude, und doch liegt ein feuchter, unterirdischer Geruch in der Luft, der ihm unheimlich ist, ebenso wie dieser tote Junge: Die eine Schulter wird vom Kleiderhaken hoch über den Kopf gezogen, die andere hängt schlaff unter dem klaffenden, halb weggeschossenen Kinn. Es sieht so unbequem aus und ihm wird so eng, und es ärgert ihn, dass dieser Sheriffjob, an den er sich wohl erst noch gewöhnen muss, ihn daran hindert, sich einfach gepflegt zu besaufen und ein paar Sachen zu zerschießen und so lange Leute zu verprügeln, bis er sich wieder beruhigt hat. Ihm fällt ein, was ihm mal ein Sheriff erzählt hat – oder vielleicht war's auch ein Gesetzloser, mit dem er sich eine Zeit lang zusammengetan hat: Recht und Ordnung ist wie regelmäßig scheißen – es macht das Leben leichter, aber ab und zu braucht man mal einen ordentlichen Dünnschiss, damit man gut durchgepustet wird und den Mumm nicht verliert.

Während er über die Analogie von Sheriffjob und einem Scheißhaufen sowie ihre Anwendung auf seine neue Tätigkeit meditiert, treten die Sängerin mit den rotblonden Locken und dem Rubin in der Wange sowie vier oder fünf mit Halstüchern maskierte Männer ein und bauen sich vor dem Kassenschalter auf.

Obwohl sie aussieht, als hätte sie nichts Gutes vor, begrüßt er sie freundlich und fragt sie, ob sie was einzahlen will.

Nein, aber ich hätte nichts dagegen, dass *du* mir was rüberschiebst, sagt sie augenzwinkernd und wühlt mit linken Hand zwischen ihren Beinen, während sie in der rechten einen Revolver hält, der auf ihn zielt. Damit du Bescheid weißt, Schätzchen: Das ist ein Überfall.

Tja, seufzt er. Dann sollte ich euch ja wohl eigentlich verhaften, aber hier gibt's nichts zu klauen. Die Goldnuggets sind schon weg.

Ich weiß, Sheriff. Die haben wir längst. Jetzt sind wir hier, weil wir den hübschen silbernen Stern wollen, den du da anhast.

Geht nicht. Den kann ich euch nicht geben.

Soll das heißen, dass du für den blöden Blechstern ins Gras beißen willst?

Nicht direkt. Aber hergeben werd ich ihn auch nicht.

Der Junge spuckt aber große Töne!

Haut ganz schön auf die Kacke, der Kleine!

Ich glaub, ich kenn das Arschgesicht, Belle, sagt einer der Desperados, ein einäugiger Graubart mit einer Knollennase, soweit man das hinter dem Tuch erkennen kann. Das ist der Typ, der Big Daddy alle gemacht hat.

Was du nicht sagst!

Los, Belle, wir knallen diesen Flacharsch ab und nehmen uns den Stern!

Ja, und die schicken Klamotten!

So 'ne Klinge wollt ich schon immer haben!

Jetzt kommt mal nicht ins Schwitzen, Jungs! Wir wollen uns doch nicht mit dem Sheriff anlegen, wenn er so verbiestert ist. Ihr habt ja gesehen, was er drauf hat, wenn er in Fahrt ist. Die Sängerin rückt eine Brust zurecht, als würde sie sie wieder in ihrem Mieder verstauen, und unterzieht seine goldbraune Wildlederhose einer liebevollen Musterung. Dann sieht sie auf, zwinkert ihm verträumt zu und kratzt sich mit dem Revolverlauf zwischen den Beinen. Rauben wir lieber was anderes aus.

Ach, Scheiße, Belle – ist doch nichts mehr da, nölt ein kleinwüchsiger Bandit mit vorstehenden Augen und auf die Ohren tätowierten Spinnweben. Wir haben doch schon fast alles, was sich lohnt.

Tja, sagt die Sängerin gedankenverloren, und der Revolver zwischen ihren Beinen geht los. Die Kugel sirrt wie eine wütende Hornisse durch den Raum – er duckt sich, als sie vorbeisaust, mit einem dumpfen Geräusch vom Türrahmen des Safes abprallt und durch ein Fenster hinaus in die Mittagshitze der Straße fliegt, von wo man einen Schrei hört. Mensch oder Tier? Schwer zu sagen. Als er seine eigenen Revolver zieht und den Kopf hebt, stellt er fest, dass in den Röcken der Sängerin ein Loch ist, durch das er glatt hindurchsehen kann – wie ein kleines Guckloch ins Nichts – und dass jetzt nur zwei oder drei Männer bei ihr sind, während es vorher noch mehr waren. Sie leckt lasziv am rauchenden Lauf des Revolvers und sagt: Was ist mit dem Jungen da? Den könnten wir doch klauen. Was dagegen, Sheriff-Schätzchen?

Den Jungen? Der ist irgendwie ziemlich tot.

Ich weiß. Als der kleine Hosenscheißer noch am Leben war, wär er keinen Kuhfladen wert gewesen, aber jetzt, wo er tot ist, könnten wir paar von seinen Sachen verkaufen. Oder essen.

Na, was ist, Sheriff?, will ein maskierter dicker Mann wissen. Er trägt Chaps aus Fledermausflügeln und eine weiche, geflickte Weste, die vom Armloch bis zum Saum aufgeschlitzt ist. Sollen wir's ausschießen oder was?

Er starrt die Sängerin und ihre Galgenvögel durch das Schaltergitter an. Er ist dieses Gespräch leid und fragt sich, ob er sich nicht lieber in einer anderen Branche betätigen sollte, als Goldsucher beispielsweise oder als Viehdieb. Vielleicht sollte er sich aber auch in die Arme und an den warmen, gepuderten Busen der Sängerin werfen – wer ist er denn, dass er sich anmaßt, Unrecht zu rächen und Verbrechen zu bestrafen? Sein Blick fällt wieder auf das Loch in ihren Röcken, und es ist, als würde er einen weit entfernten, dunstigen Horizont betrachten, von dem er weiß, dass er eine Verheißung, aber auch die Abwesenheit aller Verheißung ist, und ihm fällt noch etwas ein, das der Schafzüchter mit den stahlblauen Augen oder möglicherweise der sterbende Cowboy gesagt hat: Hier draußen gibt's nichts, für das sich zu sterben lohnt außer dafür, dass du dir deinen Tod selbst aussuchen kannst, und wenn du dafür stirbst, hast du's dir auch nicht ausgesucht. Bis dahin machst du weiter mit dem Abenteuerleben, weil der Mensch einfach nicht stillsitzen kann und weil das Ende von allem andern das Nichts ist, und das Ende des Abenteuerlebens ist auch das Nichts. Er reißt sich von dem Loch und den trüben Gedanken los, in denen er für eine Weile versunken war, was aber niemanden zu stören scheint. Na ja, der Junge ist ja kein Eigentum, seufzt er. Nicht er ist zu dieser Entscheidung gekommen, sondern sie zu ihm, wie überhaupt die ganze Stadt. Er steckt die Revolver wieder in die Halfter und schnippt das Zigarillo weg. Macht, was ihr wollt. Er nimmt sein Gewehr, überlässt den Räubern ihre traurige Beute und geht hinaus in die unvermittelt hereingebrochene Wüstennacht.

Das Erste, was er sieht, nachdem seine Augen sich an die mondlose Finsternis gewöhnt haben, ist der Gehängte, der melancholisch am Strick baumelt. Seine teuren Ostküstenkleider sind fort, wahrscheinlich gestohlen – bis auf abgewetzte rindslederne Chaps, alte, löchrige Stiefel und einen runden Filzhut, den man ihm bis zur Nase ins Gesicht gezogen hat, ist er nackt. Er sieht aus, als würde sein gespenstischer Hintern auf einer erloschenen Zigarre herumkauen und Tabaksaft sabbern; wahrscheinlich hat man ihm gemäß einer hiesigen Tradition ein gerolltes Geldbündel hineingesteckt und angezündet. Auch in seinen Mund rings um die gereckte Zunge hat man Geldscheine gestopft. Das Knarzen des Stricks, ein entferntes Heulen und das Knirschen der Steine unter seinen Stiefeln sind die einzigen Geräusche, als er die menschenleere Straße hinuntergeht.

Im schwachen Sternenlicht verströmen diese kleinen Steine einen bleichen Schimmer, der sich bis zum Horizont erstreckt. Die schäbigen Gebäude heben sich als schwarze Silhouetten davon ab oder verlieren sich in der Schwärze des Himmels und sind nur daran zu erkennen, dass sie die Sterne verdecken. Der gehängte Bankdirektor ist der einzige, der ihm hier draußen Gesellschaft leistet: Alles ist geschlossen, sogar die Bank, die irgendwo hinter ihm in der Dunkelheit ist. Natürlich auch der Saloon. Hat keinen Sinn, dort nachzusehen – er weiß, was ihn erwarten würde. Er hätte den Hilfssheriff nach dem Gefängnis fragen sollen, dann hätte er sich in der Zelle schlafen legen können. Immer vorausgesetzt, dass es überhaupt ratsam ist, die Nacht in einem solchen Ort zu verbringen.

Sein Mustang fehlt ihm jetzt sehr. Auf dem Weg hierher war es der Aspekt der Bewegung, den er an dem Tier am meisten geschätzt hat, doch jetzt sind von der Tatsache, dass das Pferd fort ist, hauptsächlich seine Gedanken betroffen. Wenn er im Sattel saß, schien er immer zu wissen, wohin er wollte und was er zu tun hatte. Eigenartigerweise gab es ihm sogar das Gefühl, irgendwie verwurzelt zu sein und daher ein Jemand, ein Jemand mit einem Namen, selbst wenn sie – er und das Pferd – ziellos, aber entschlossen durch die grenzenlose Einöde zogen. Das Tier war ein lebendiger Teil seiner selbst und passte zu ihm, als wäre er damit geboren worden, wie sein Hut und seine Stiefel, doch es teilte auch die Strapazen, die Schmerzen und den Hunger und saugte, wie ein Verband auf einer Wunde, ein bisschen davon auf. Und er hat sich an die Aussicht gewöhnt. Hier unten auf der Erde fühlt er sich ein bisschen eingeengt: Ringsumher erheben sich lauter Sachen, die früher übersichtlich und in sichererem Abstand unter ihm ausgebreitet waren.

Nicht dass er den bösartigen, krummbeinigen alten Gaul, wie er ihn in seinen sentimentaleren Stunden nannte, besonders sanft behandelt hätte. Er respektierte ihn und teilte das bisschen, was er hatte, mit ihm, aber der Mustang hatte seinen eigenen Willen, und wenn er zu eigensinnig wurde, musste er ihn die Peitsche fühlen lassen oder die Sporen fingertief in seine Flanken bohren und die Zügel anziehen, bis sein Maul schäumte und blutete. Konnte sich von dem blöden Vieh doch keine Vorschriften machen lassen.

Aber am Ende ließ er sich dann doch Vorschriften machen. Sie waren so lange unter der glühend heißen Sonne dahingeritten, dass es ihm wie Jahre vorkam, als sie mit einem Mal auf ein Wasserloch stießen – es schien einfach aus dem Nichts aufzutauchen. Ringsumher lagen die gebleichten Knochen von Menschen und Pferden, und darum nahm er an, das Wasser sei vergiftet, und ließ das Pferd zuerst trinken. Als nichts geschah, legte er sich neben dem Pferd auf den Boden und trank, anfangs direkt aus dem Wasserloch, dann aus seinem Hut. Das Wasser war klar und süß und so kalt, dass ihm die Zähne wehtaten. Er übergoss sich damit, füllte seine Flasche und wollte weiterreiten, doch das Pferd hatte andere Pläne und rührte sich nicht von der Stelle. Das war idiotisch, denn es gab dort nichts zu fressen und keinen Schutz vor der sengenden Sonne. Nicht einmal in einem größeren Rahmen betrachtet war es sinnvoll, doch das starrsinnige Tier schien entschlossen, einfach aufzugeben und sich zu den anderen namenlosen Knochen zu legen. Er redete ihm gut zu, er lockte es, verfluchte es, bearbeitete es mit Fußtritten, versuchte es am Zügel zu führen, zerrte an den Ohren und am Zaumzeug, schlug es mit der Peitsche, stieß es mit dem Gewehrkolben, doch das verdammte Vieh rührte sich nicht von der Stelle; es war so reglos und unnachgiebig wie ein Felsen. Und nachdem er es unbarmherzig geschlagen hatte, bis seine Arme kraftlos herunterhingen, sah er, dass das, was er da schlug, tatsächlich ein Felsen war und der verdammte Gaul noch immer mit gesenktem Kopf auf der gegenüberliegenden Seite des Wasserlochs stand und zufrieden trank. Er war scheißwütend und pfiff das perverse Tier herbei, und es kam auf ihn zu, trat in das Wasser und war verschwunden. In Panik sprang er ihm nach, doch das Loch war nur einen halben Meter tief, und er prallte schmerzhaft auf den Grund. Das Wasser war jetzt wärmer, schmeckte nach Salz und brannte ihm in den Augen. Als er wieder sehen konnte, stand das Pferd an der Stelle, wo er zuvor auf es eingeschlagen hatte, dafür war jetzt der Felsen verschwunden. Also erschoss er es. Was zu viel war, war zu viel. Das verwundete Tier lag bebend auf der Seite, trat in die Luft und hatte einen bemitleidenswerten Gesichtsausdruck, und so hielt er ihm das Gewehr ans Ohr und gab ihm den Gnadenschuss. Als er aufsah, bemerkte er zum ersten Mal den schwachen Schimmer, der von dieser Stadt am Horizont ausging. Er ließ Sattel und Zaumzeug zusammen mit dem Pferd zurück, weil er dachte, er werde sie später holen, und ging zu Fuß durch die Wüste auf die Stadt zu. Er war erschöpft von seinem verrückten Kampf, und seine Beine waren so schwer wie Sandsäcke; halb dösend schleppte er sich dahin und bereute seine Tat – keiner verliert gern sein Pferd –, und dann saß er in einer mondlosen Nacht, einer Nacht ganz ähnlich wie dieser, wieder zusammengesunken im Sattel, und der Mustang trottete wie immer unter ihm dahin. Ein schrecklicher Durst quälte ihn. Es war, als hätte er an einem Brocken Salz geleckt, und seine Wasserflasche war leer.

Als hätte seine Erinnerung es heraufbeschworen, hört er vor sich ein leises Schnauben und Wiehern. Es ist stockdunkel, nichts zu sehen, aber er geht auf das Geräusch zu und bleibt nur einmal stehen, um einen ausgefransten Strick von dem Querholz vor dem Saloon mitzunehmen. Er hat keine Ahnung, was er finden wird – vielleicht ein Wildpferd, das sich in die Stadt verirrt hat, vielleicht auch seinen wieder auferstandenen Mustang –, aber was immer es ist, wenn er es sehen kann, wird er es einfangen und darauf von hier wegreiten. Die flachen Silhouetten, die sich näher schieben, wenn er vorbeigeht, erscheinen ihm weniger wie Gebäude als vielmehr wie ihre Abwesenheit, wie schwarze Löcher in der Welt, und er erinnert sich, dass er denselben Weg im hellen Mittagslicht gegangen ist und dabei ebenfalls das Gefühl hatte, hinter den sichtbaren Häusern lauerten andere, schattenhafte Gebäude. Nicht dass er solchen Anwandlungen viel Beachtung schenken würde. Die übliche Nervosität des auf sich allein gestellten Revolverhelden – er kennt diese falschen Ahnungen.

Während er die Straße entlanggeht, in der einen Hand das Gewehr, in der anderen den Strick, kann er vor sich einen schwachen, gespenstischen Schimmer erkennen, und ihm fällt ein, dass er hier irgendwo zum ersten Mal die schöne Witwe gesehen hat, die einer der Männer die «Lehrerin» genannt hat, obgleich er den Eindruck hat, dass sich die Reihenfolge der Häuser an der Straße seit dem letzten Mal etwas verändert hat. Vielleicht, denkt er, vielleicht hat sie ein Licht ins Fenster gestellt – nur für ihn, weil sie weiß, dass er hier draußen ist, ganz allein, und den Trost menschlicher Gesellschaft braucht. Die Aussicht, sie wiederzusehen, spornt ihn an, und bald schreitet er nicht mehr aus, sondern rennt mit ziemlichem Tempo, getrieben von einer plötzlichen Dringlichkeit und einer Angst vor der Finsternis hinter ihm – und auch von einer Angst um sie, denn sie könnte ja wieder in Schwierigkeiten sein; eine Frau wie sie hat es hier nicht leicht, es könnte ihr alles Mögliche zustoßen, und immerhin ist er jetzt ja der Sheriff, oder?

Er rennt die schwarze Straße hinunter, so schnell er kann, in seinem Kopf ein Durcheinander aus düsteren, aber anregenden Bildern, als er mit einem Mal vor ihm erscheint und ihn wie gelähmt verharren lässt: ein majestätischer weißer Hengst, mehr als zwanzig Handbreit hoch, geisterhaft leuchtend im Licht des Vollmonds, der plötzlich am wolkenlosen Himmel steht, als wäre er hinter einer Wolke hervorgekommen. Der Hengst ist das Schönste und zugleich Schrecklichste, das er je gesehen hat, ein mächtiges Riesenpferd mit einer Brust wie ein Felsen, einer stolzen Haltung und einer Verachtung für alles, was sich seinen Blicken darbietet, vor allem für ihn, der starr mit weichen Knien und dem Pochen seines Herzens in den Ohren auf der dunklen Straße steht, und mit einem Mal weiß er, dass ein so edles und Ehrfurcht gebietendes Pferd zu reiten der einzige Grund war, warum er hierher gekommen ist – muss wohl so sein, falls er überhaupt hierher gekommen und nicht hier geboren ist. Nur ist ihm nicht ganz klar, wie er das wunderbare Tier mit diesem armseligen, morschen Strick einfangen soll, und der entgleitet auch noch seiner Hand, als das Pferd donnernd schnaubt, sich hoch aufbäumt, sodass die schneeweiße Mähne den Kopf umfließt wie ein Heiligenschein, und mit den gewaltigen Vorderhufen schlägt, als wollte es Löcher in die Nacht stanzen. Bevor der weiße Hengst die Hufe wieder auf den Boden setzt, stößt er ein fanfarenartiges Wiehern aus, das in Kaskaden vom Mittelpunkt des Himmelsgewölbes auf ihn herabzustürzen und aus allen Richtungen widerzuhallen scheint, als wollte es ihn dort, wo er steht, bannen. Als das Pferd schnaubt und mit den Hufen scharrt und sich bereit macht, auf ihn loszugaloppieren, mit Augen, die rot leuchten, als wäre in seinem Schädel ein gut geschürter Ofen, weiß er, dass er nichts anderes tun kann, als stehen zu bleiben und seine Unerschrockenheit zu demonstrieren, während es in Wirklichkeit die pure Angst ist, die ihn wie gelähmt erstarren lässt. Er hört den Hufschlag, bevor er eine Bewegung wahrnimmt, und dann ist das Pferd plötzlich über ihm, und ihm wird schmerzhaft eng ums Herz, doch er bleibt aufrecht stehen, und unvermittelt ist alles wieder dunkel – der Mond ist verschwunden, ebenso das weiße Pferd, und er ist wieder allein in der gewaltigen, leeren Nacht.

Sein Hilfssheriff, ein dicker Mann mit Ziegenbärtchen und platter Nase, findet ihn um zwölf Uhr mittags noch immer erstarrt und bewegungsunfähig mitten auf der staubigen Straße. Hlo, Sheriff, sagt er, hebt den Strick auf, legt ihn in Schlaufen über seinen reglos angewinkelten Arm und reicht ihm das ebenfalls zu Boden gefallene Gewehr, wir haben ein Problem. Die Weiber machen ein Riesenpalaver. Geht wohl hauptsächlich bloß darum, dass sie zu oft von den verdammten Wilden vergewaltigt werden. Die haben ganz schön Feuer unterm

Arsch, es ist ’n regelrechter Aufstand. Wär vielleicht nicht schlecht, wenn du mal mit ihnen redest.

Er blinzelt ins gleißende Sonnenlicht, senkt die Arme und lässt den Strick ein zweites Mal fallen. Mit ihnen reden? Er räuspert sich und spuckt trocken in die unbewegte Luft. Das Schild an dem Gebäude, vor dem er steht, verkündet, dass es sich um das Gefängnis handelt. Ich hab von Vergewaltigungen keine Ahnung.

Sag ihnen einfach, dass du es ’ne schlimme Sache findest und sie’s lassen sollen.

Wie zum Teufel soll ich das tun?

Ganz einfach. Die meisten Weiber bilden sich das wilde Gevögel doch sowieso bloß ein, weil sie nichts Besseres zu tun haben außer Kuchen backen und unsere Unterhosen waschen. Also sag deinen Spruch, und wenn sie’s nicht glauben, können wir ja mal ’n bisschen über sie herfallen oder uns ’n paar Skalps holen – das macht sie meistens wieder friedlich.

Er starrt auf den Hilfssheriff herab, der einen ungesunden, trockenen Geruch verströmt und dessen Augen aussehen, als wären sie zwei in die fetten weißen Wangen gebettete Schrotkugeln. Ich bin nicht scharf auf Skalps.

Wissen wir doch, Sheriff. Der Hilfssheriff grinst schief und nickt in Richtung des Skalps an dem Revolvergurt. Aber wir werden wohl müssen. Wenn unsere Frauen sich ihre Mösen zu oft von einem Haufen tätowierter wilder Hobelhengste bearbeiten lassen, könnte es sein, dass sie auf unsere zivilisierten Schwänze nicht mehr so viel Wert legen.

Na wenn schon. Ich leg mich für ’n Weilchen ins Gefängnis. Dieser Job geht auf die Knochen.

Da wird wohl nichts draus werden, Sheriff – da sind sie schon! Er kann sie jetzt hören, sie schreien und kreischen wie Indianer auf dem Kriegspfad. Es müssen Hunderte sein, und doch ist niemand zu sehen, obgleich er dort, wo er steht, mehr oder weniger freie Sicht bis zum Horizont hat. Sind mächtig in Fahrt, die Hennen, das hört sich richtig wütend an, Sheriff. Mach dich schon mal bereit – vielleicht musst du ein paar erschießen.

Plötzlich ist die Hauptstraße voller Frauen in bunten Baumwollkitteln, Schultertüchern, Schürzen und Sonnenhüten. Sie marschieren in einer Phalanx, sieben oder acht Frauen nebeneinander, lärmend auf ihn zu, schwingen Besen und Nudelhölzer und schlagen auf Kochtöpfe. Angeführt werden sie von der rotblonden Saloon-Sängerin, die die Männer «Belle» genannt haben und die wie für einen Auftritt aufgemacht ist, komplett mit Rubinstecker in der Wange und gepuderter Auslage. Er beherzigt den ärmelzupfenden Rat seines Hilfssheriffs, packt sein Gewehr mit beiden Händen und zieht sich auf die Veranda des Gefängnisses zurück, sodass er einen gewissen Überblick hat, als die wild entschlossen wirkenden Frauen sich im gleißenden Licht der Sonne vor ihm aufbauen. Eine von ihnen, eine hässliche alte Krautsäge mit einem rüschenbesetzten Häubchen über den fettigen, strähnigen Haaren, lupft ihre Röcke, greift in ihre Unterhose, holt einen Revolver hervor und schießt in die Luft. Er schießt ebenfalls, und der Revolver fliegt ihr aus der Hand.

Ah, Scheiße, Sheriff, jault sie und drückt ihre verwundete Hand zwischen die Beine. Ich wollt doch bloß 'n bisschen Schwung in die Sache bringen.

Du kommst mir heute irgendwie gereizt vor, Sheriff-Schätzchen, bemerkt die Sängerin augenzwinkernd und rückt ihre Brüste zurecht. Schlechte Nacht gehabt?

Kann sein. Also, worum geht's, Belle?

Diese teuflischen Indianer, Sheriff! Die lassen uns einfach nicht in Ruhe!

Immer sind sie hinter uns her!, kreischt eine uralte bucklige Oma mit handgenähtem Umhang und gebauschter Haube und streicht mit knotigen Spinnenbeinfingern über ihren Bart. Das ist einfach nicht normal!

Und sie vögeln schmutzig, Sheriff, fügt eine hässliche, schielende Frau hinzu. Sie steckt in einem Hochzeitskleid aus Samt und Seide, aus dem ihr fetter, behaarter Bauch ragt. Nicht wie anständige Leute.

Sie stecken ihn einem überall rein, erklärt eine narbengesichtige Matrone mit einem fehlenden Ohr. Und wenn man nicht genug Löcher hat, machen sie einem ein paar neue! Sie knöpft ihr Kleid vorne auf, um ihm welche zu zeigen.

Nun mal langsam, Mam …

Und sehen Sie sich bloß mal die dreckigen Bilder an, die sie mir auf den Arsch gemalt haben!, sagt eine andere, hebt ihre Röcke, die eigentlich eher wie Gardinen aussehen, und präsentiert ihm ihren behaarten Hintern, auf dem ein detailliertes Bild prangt, ein heiliges Bild: fickende Büffel. Es ist ein echter Skandal, Sheriff!

Verdammt, Mam, decken Sie das wieder zu!

Du musst was gegen diese furchtbaren Drangsalierungen unternehmen, Sheriff!, ruft die Sängerin.

Versuch ich ja!

Wir sind anständige Frauen und so eine unzivilisierte Misshandlung nicht gewöhnt!, schreit die Krautsäge mit den fettigen Haaren und der Haube. Unsere unschuldigen kleinen Nudeltaschen sind schon ganz wund!

Eine schwitzende, einäugige Mestizin enthüllt ihre Glatze und fächelt sich mit dem rosafarbenen Hut Luft zu. Zeig's ihm, Belle!, ruft sie. Zeig ihm, was diese grausamen Wilden dir angetan haben!

Erst mal, sagt die Sängerin, haben sie mich an den Pferdepfosten gebunden, und zwar so. Sie beugt sich über das Querholz, wobei ihre Brüste herausfallen, und packt ihre Knöchel. Ein paar Frauen fesseln sie mit einem ausgefransten Strick, den sie auf der Straße gefunden haben. Sie schlagen ihre schwarzen Röcke zurück, zerren ihren Schlüpfer hinunter, betatschen die freigelegten Körperteile, kneifen hinein und stoßen mit Besen und Pfannenstielen danach.

Au!, jault Belle und windet sich gequält. Ihre baumelnden Brüste schleifen durch den Straßenstaub. Das ist nicht schön, Sheriff! Das ist nicht so, wie's sein soll!

Er will von der Veranda treten, um dem grausamen Spiel ein Ende zu machen, doch sein Hilfssheriff hält ihn zurück, und die Frauen stoßen ihn wieder hinauf. Passen Sie gut auf, Sheriff, sagt eine alte Hexe mit zusammengekniffenen Augen und geschwungenem Schnurrbart und steckt ihre lange, warzige Nase zwischen Belles Pobacken, aber kommen Sie nicht zu nah ran. Das ist Frauensache.

Na gut, so lange keiner zu Schaden kommt, sagt er widerstrebend, und darüber lachen die Frauen und entblößen die Lücken zwischen den gelben Zähnen.

Aber wer wird denn hier zu *Schaden* kommen?, johlt die einäugige Mestizin, steckt sich einen schwarzen Zigarrenstummel ins stoppelige Gesicht, holt aus und schlägt mit einem Butterstempel klatschend auf Belles Hintern. Die bucklige Oma ist die Nächste: Sie piekt die Sängerin mit ein paar Holzsplittern, die sie aus ihrer Haube gezogen hat. Die anderen sind jetzt auch dabei und schlagen mit allem zu, was sie gerade zur Hand haben, von Revolvergurten und Pfannenwendern über Reitgerten und Abziehriemen bis hin zu Suppenkellen, und Belle schreit und jault bei jedem Schlag: Oh, diese gottlosen Heiden! Sieh dir an, was die mit mir gemacht haben, Sheriff!

Einige der Frauen haben die Röcke gehoben und stoßen

mit dem Unterleib gegen den entblößten Hintern ihres Opfers, als wollten sie diese letzte Erniedrigung durch die Wilden parodieren, und Belle stöhnt und grunzt und schluchzt herzerweichend. Wirklich ein sehr bewegender Anblick, sagt sein Hilfssheriff, schnallt den Revolvergurt ab und tritt von der Veranda.

Ist ja gut, ist ja gut!, ruft er. Hab schon kapiert. Der Hilfssheriff, dem der Hintern aus der halb heruntergelassenen Hose hängt, ist bereits auf der glühend heißen Straße, bleibt jedoch stehen, hält die Hose mit seinen Wurstfingern fest und dreht sich um. Was wollt ihr denn nun von mir?

Wir wollen hier ein bisschen Recht und Ordnung, Sheriff!, krächzt die alte Schreckschraube mit den zusammengekniffenen Augen und der hässlichen Nase und fährt fort, auf den Po der Sängerin einzuschlagen. Ihre dicke Unterhose schlackert um die Knöchel ihrer mageren O-Beine, und die Spitzen ihres Schnurrbarts wippen mit jedem Hieb auf und ab wie geölte Rabenflügel. Wir wollen Gerechtigkeit! *Hng!* Wir wollen ein paar – *ha!* – tote Indianer!

Alle Frauen stimmen in diesen Schrei nach Blut und Gerechtigkeit ein, schlagen auf Pfannen und Kochtöpfe, feuern unsichtbare Pistolen ab und stören gröblich die öffentliche Ordnung. Er hat den Eindruck, dass dies der richtige Augenblick ist, sich aus dem Sheriff-Metier zurückzuziehen, und fummelt bereits an dem Stern herum, als sein Hilfssheriff, der gerade dabei ist, den Revolvergurt wieder zuzuschnallen, den Frauen zuruft: Schluss mit dem Gejammer, ihr alten Vogelscheuchen! Jetzt macht euch nicht nass! Der Sheriff und ich werden uns mal kurz beraten. Er zerrt ihn ins Gefängnis und raunt ihm zu: Schätze, es ist höchste Zeit, ein Sicherheitskomitee zusammenzustellen, Sheriff.

Er seufzt und nickt. Bleibt ihm wohl nicht viel anderes übrig. Er kriegt den Stern nicht ab. Hat sich irgendwo verhakt. Genau wie er selbst. Wie alles hier am Rand der Welt. Er erinnert sich an die Grabtafel eines Selbstmörders, die er auf einem Friedhof, auf irgendeinem Boot Hill, gesehen hat: ER KAM HER, UM SEIN EIGENER HERR ZU SEIN, ABER ER KONNTE NICHTS NÜTZLICHES TUN, BIS ER DAS HIER TAT, UND DAS WAR AUCH NICHT NÜTZLICH. LEIDER. RIP. Er dreht sich um, hakt die Daumen in den Gürtel und stellt sich der Menge. Alle Frauen sind verschwunden, alle bis auf die Sängerin, die noch immer gefesselt über dem Querholz hängt, und die Straße ist voller Männer und Pferde.

Wann geht's los, Sheriff?

Jippiie! Jetzt machen wir sie flach!

Er müsste mitmachen, das weiß er, doch er kann nicht. Tut mir Leid, Jungs, aber das müsst ihr wohl ohne mich erledigen, sagt er.

Geht nicht. Ohne Sheriff ist das kein ordentliches Komitee.

Tja, schade. Kann ich auch nicht ändern.

Der Sheriff hat kein Pferd, Jungs, erklärt der Hilfssheriff.

Nicht? Wieso denn nicht?

Ich denke, er soll den weißen Hengst reiten.

Richtig. Wo ist das verdammte Vieh eigentlich? Hol's doch mal her, Hilfssheriff.

Die Aussicht, den weißen Hengst wiederzusehen und gar zu reiten, weckt seine Lebensgeister und versöhnt ihn ein wenig mit dem Gedanken, die Skalpjäger zu begleiten. Bei Tageslicht sieht das Tier allerdings ein bisschen anders aus, eigentlich mehr wie ein altes Maultier mit hängender Kruppe, aber immerhin ist es weiß. Kein Sattel, kein Zaumzeug, bloß ein Strick, der über dem knochigen Widerrist hängt. Er braucht ein paar Anläufe, um sich hinaufzuschwingen, und bis dahin ist das Sicherheitskomitee nur noch eine Staubwolke am Horizont. Er gibt dem altersschwachen Tier die Sporen, und dann zockeln sie in dieselbe Richtung.

Pass auf dich auf, Sheriff-Schätzchen!, ruft ihm die Sängerin zwischen ihren Beinen hindurch zu, als er vorbeireitet. Ihr milchweißer Hintern schimmert in der Mittagssonne. Wir anständigen Bürger verlassen uns auf dich!

Klar. Und du pass auf, dass du keinen Sonnenbrand kriegst, sagt er.

Ein Bein dieses alten Maulesels ist anscheinend kürzer als die anderen: Ganz gleich, wie oft er ihn in die andere Richtung lenkt – die Stadt bleibt immer zu seiner Rechten, als würden sie sie umkreisen. Oder vielmehr, als wären sie am Rand eines Rades, dessen Achse die Stadt ist, denn sie dreht sich in demselben schwerfälligen Tempo, in dem er vorankommt, und präsentiert ihm immer dasselbe entfernte Bild: den winzigen, leuchtenden Hintern der Sängerin, der wie ein Steckbrief über dem Querholz vor dem Gefängnis hängt. Ein höchst trostloser und trostlos stimmender Anblick, diese jämmerliche Stadt, die in der weiten, öden Ebene liegt wie ein Haufen vom Wind zusammengewehter Abfall und sich weigert, ihn zu verlassen. Schließlich, nachdem er das Komitee längst aus den Augen verloren und es aufgegeben hat, das Maultier anzutreiben und an dem Strick zu zerren, schreibt er diesen Umstand einer Besonderheit der Landschaft zu und lässt das missmutige Tier gehen, wohin es ihn tragen will. Früher, als er noch allein durch die Wüste zog (er erinnert sich jetzt, es war entweder bevor er seinen Mustang erschossen hat oder danach), stieß er einmal auf die skelettartigen, halb unter Sand begrabenen Überreste eines umgestürzten Planwagens. Von der Plane waren nur noch ein paar Fetzen übrig. Nirgends Gerippe oder verstreuter Hausrat – alles war schon vor langer Zeit säuberlich beseitigt worden. Das Seltsame aber war, dass eines der Holzräder sich langsam in der unbewegten Luft drehte, immer weiter und weiter, wie zur Erinnerung an das Voranschreiten der Zeit, als es noch eine Zeit gegeben hatte. Er saß im Sattel und starrte auf das Rad, als wollte er es mit der Kraft seiner Gedanken anhalten und so das Unglück, das sich hier ereignet hatte, zu einem Ende bringen, doch je länger er hinsah, desto weiter schien er sich davon zu entfernen, bis Rad und Planwagen nicht mehr da waren und er weiterzog und die Stadt da drüben am Horizont schimmerte und so tat, als wäre sie ein Ziel.

Während er sich mit ihr dreht, hört er vor sich Schüsse, Geschrei und Hufgetrappel, obgleich nichts zu sehen ist, denn die Quelle des Lärms ist hinter einer kleinen Erhebung verborgen, die er bisher gar nicht bemerkt hat. Sie trotten hinauf, und dabei scheint sie in sich zusammenzusacken, bis das Gelände wieder eben ist und den Blick auf eine alte, von Schüssen durchlöcherte Hütte freigibt, vor der ein alter Mann auf dem Boden liegt. Er treibt den Klepper an – möglicherweise geht das klapprige Tier auch von selbst dorthin –, beugt sich aus dem Sattel und fragt den Alten, ob alles in Ordnung ist.

Klar, stöhnt der. Ich hab sechzehn Kugeln eingefangen, und die haben mir den Arm abgehackt und ihn aufgefressen und mir 'n Dauerscheitel bis runter zum Genick gezogen und einen Pfeil in den Arsch gesteckt – warum sollte also nicht alles in Ordnung sein, du verdammter Klugscheißer?

Na, dann ist es ja gut. Ich dachte schon, dir fehlt was, sagt er und setzt sich wieder auf, denn der Geruch, der von dem alten Kober ausgeht, ist ihm in die Nase gestiegen. Scheint eine Art Goldgräber zu sein. Um den Hals trägt er einen dreckigen, schlaffen Wildlederbeutel, der zweifellos für Goldstaub bestimmt war, seine Kleider sind ein von einem Strick zusammengehaltenes Sammelsurium aus alten Lumpen, und das Gesicht besteht praktisch nur aus einem Bart mit zwei Augenlöchern, aus denen er unter der aufgebogenen Krempe seines zerknautschten Hutes hervor zu ihm hinauf in die Sonne blinzelt.

Hast ja mächtig schicke Klamotten an, Kleiner, sagt er, mit all den Fransen und Troddeln und Stachelschweinstacheln. Siehst noch aufgedonnerter aus wie so 'n gepolsterter Keksdosensarg aus'm Osten. Wie's aussieht, könnt ich so einen demnächst gut gebrauchen.

Sind nicht meine. Die hab ich einfach so gekriegt.

Erzähl mal. Ein Schauer geht durch den hingestreckten Körper; vielleicht ist es aber auch das Ungeziefer in seinen Kleidern. Und diese hübschen Pistölchen da, keucht er, als er wieder still liegt, kannst du mit denen umgehen oder sind die bloß zum Angeben?

Da kann ich mit umgehen. Wenn ich muss.

Jedenfalls ist man ganz geblendet, wenn man dich so sieht, Kleiner, und das meine ich ganz ernst. Selbst jetzt, wo mir so gut wie alles wehtut, geht mir bei deinem Zehn-Gallonen-Hut das Herz auf. Sag mir nichts – du gehörst bestimmt zu den guten alten Jungs.

Kann ich eigentlich nicht sagen. Ich gehör keinem, bloß mir.

Der alte Knacker bricht in trockenes Gelächter aus, das in dumpfes, bellendes Husten übergeht, wobei es ihn auf dem harten Boden hin und her wirft wie eine mexikanische Springbohne. Scheiße, wimmert er, als er das wieder kann, und schüttelt den Kopf, sodass ihm eine Art Schleim aus den Ohren fließt. Und wo hast du den großen weißen Hengst her, Kleiner? Ich dachte, die wären ausgestorben. Er dreht den Kopf und spuckt etwas Dunkles durch das Loch in seinem Bart. Willst du den verkaufen? Ich geb dir tausend Dollar.

Kein schlechtes Angebot.

Natürlich auf Kredit. Die verdammten Verbrecher haben mir alles abgenommen. Ich hab mich in der Hütte da verschanzt und mir den ganzen Tag Hunderte davon vom Hals gehalten. Das war 'n ganz schönes Feuerwerk. Mindestens fünfzig von diesen miesen, claimklauenden Ratten hab ich erledigt, aber dann ist mir die Munition ausgegangen, und gegen die letzten musste ich mit bloßen Händen kämpfen. Da haben diese Wilden dann meinen Arm gefressen und ihre Messer in mich reingesteckt. Wenn einer dagewesen wär, um mir zu helfen, hätten wir diese verdammten arschfickenden Schweinsgesichter in die Pfanne gehauen. Wo warst du die ganze Zeit, Kleiner?

Ich hab's sozusagen gerade erst mitgekriegt. Er sieht sich in der weiten Ebene um. Aber wo sind die, die du erwischt hast?

Weiß nicht. Sind sie nicht da? Dann haben sie die wahrscheinlich mitgenommen. Ich war nicht gerade freundlich zu ihnen – das war kein schöner Anblick. Wie heißt du eigentlich, Fremder?

Ich heiß nicht. Ich bin bloß der Sheriff.

Das passt ja. Mich nennen sie Goldy, weil ich noch nie was gefunden oder auch nur zu sehen gekriegt hab und auch nicht wüsste, wie das Zeug aussieht, wenn ich's zu sehen kriegen würde. Manchmal nennen sie mich Pater, weil ich mich so scheißgewählt ausdrücke, und manchmal auch Dandy, weil ich so schicke Sachen trage. Nicht mehr lange, und sie werden mich wahrscheinlich Schneewittchen nennen und zum ersten Mal Recht haben. Er lacht wieder leise und keckernd durch seinen dichten Bart, kneift plötzlich die Knopfaugen zu und stößt einen schrecklichen, heulenden Schrei aus, wobei er sich auf dem Boden herumwälzt und mit dem unverletzten Arm am Kragen seines fadenscheinigen Flanellhemdes zerrt, als wollte er ihn zerreißen. Unterhalb des Ellbogens ist der andere Arm verschwunden, und oberhalb davon besteht er nur noch aus dem abgenagten Knochen. Scheiße, Kleiner, ich bin wirklich in 'ner beschissenen Verfassung!, keucht er, als er wieder Luft bekommt. Verdammt! Du hast nicht zufällig 'n bisschen Kautabak dabei?

Nein, hab ich nicht. Ich hab gar nichts.

Mist! Du bist zu nicht viel nutze, stimmt's? Einer, den ein sterbender Hombre vollquatschen kann, mehr nicht.

Und in so was bin ich auch nicht besonders gut, Alter. Ich werd dann mal wieder weiterziehen. Sonst noch was, das ich für dich tun kann?

Was soll das heißen: sonst noch was? Hast du bis jetzt denn schon irgendwas getan, du blöder Arschpopler? Aber gut, wenn du mir 'n Gefallen tun willst, dann hilf mir mal, meine alten Knochen in die Hütte da zu schaffen. Hier draußen verbrennt mir die verdammte Sonne den Arsch.

Klar. Er lässt sich von seinem jämmerlichen Maultier gleiten, und dabei fällt ihm auf, dass sein Hintern das Zeug, mit dem sie das Tier angemalt haben, auf dem durchhängenden Rücken abgerieben hat und sich dort ein an Krätze erinnernder dunkler Fleck abzeichnet. Der alte Goldgräber wiegt nicht mehr als seine Haare und Kleider: Es ist, als würde er einen getrockneten Biberpelz oder einen Arm voll Steppenhexen aufheben. Das Schwerste an ihm ist der Gestank. Er muss durch den Mund atmen, um nicht ohnmächtig zu werden. Du hast deinen letzten Kacker getan, Alter, sagt er und wendet den Kopf ab.

Ich weiß. Kann ich nicht ändern. Darum nennen sie mich ja auch Wüstenveilchen. Der Goldgräber hat den Oberarmknochen um seinen Hals gelegt, um sich festzuhalten, und er hat das Gefühl, als hätte er sich ein schreckliches, gefährliches

Joch auferlegt. Wie bist du in diesem versengten Scheißloch gelandet, Kleiner? Was hat dich hergetrieben?

Weiß nicht. Ich kann mich nicht erinnern. Ich hab das Gefühl, ich war schon immer hier.

Ich weiß, was du meinst. Hier ist es anders als anderswo – das heißt, eigentlich ist es gar kein Wo, eher ein Nirgendwo. Du denkst, du gehst auf es zu, aber es kommt zu dir, und so groß es auch ist, es geht in dich rein und du gehst in es rein, bis du und es so ziemlich dasselbe sind. Komisch, nicht? Es passieren 'ne Menge Sachen, aber da ist überhaupt keine Ordnung drin. Du könntest tausend Jahre älter oder jünger als ich sein, und es könnte gestern oder morgen oder beides gleichzeitig sein. Und weißt du, was das ist? Ich sag dir, was das ist. Es ist ein verdammtes Rätsel. Siehst du das auch so?

Kann sein. Da denk ich nicht viel drüber nach.

Kann ich mir vorstellen. Tut mir Leid, Kleiner, dass ich dich so vollquatsche, aber das ist alles, was ich noch kann. Aber, Scheiße, Wörter kommen da nicht ran, das weiß ich – was man *tut*, das sind die echten Wörter hier draußen im Terrortorium, steht sogar irgendwo im Gesetz. Aber wo führt das hin, all das Tun? Es kommt einem ganz wirklich vor und gleichzeitig kommt es einem vor wie gar nichts. Wie das, was ich in den Taschen hab, wenn ich überhaupt noch Taschen hab. Ja, ich weiß genau, warum *ich* hierher gekommen bin, was *mir* Feuer unter meinem armen kleinen Arsch gemacht hat. Manchen liegt etwas am wilden Leben und Indianersquawsficken, und andere müssen immer versuchen, aus nichts was zu machen, aber was mich hierher gelockt hat, war die gute alte goldene Verheißung. Ich hab gehört, dass es hier alles gibt, was man nur wollen oder sich bloß vorstellen kann. Ich hab gehört, hier gibt es offene Goldadern und Bäume, an denen Ketten mit den wertvollsten Klunkern hängen, und Flüsse, in denen reiner

Whiskey fließt, und heiße, schöne Weiber und sogar den verdammten Jungbrunnen, und Scheiße, ja, ich wollt was davon abhaben, ist doch klar. Ich wollte, wie es so schön hieß, auf der abenteuerlichen Bühne eines edlen Unterfangens stehen. Und weißt du was, Kleiner? Beug dich mal runter, ich hab nicht mehr so viel Luft.

Vielleicht lieber nicht. Dein Mauldampf ist ziemlich übel.

Ich weiß. Darum nennen sie mich ja auch Prärierose. Aber verstehst du, genau das ist es: eine Bühne. Das hab ich schließlich rausgekriegt. Es ist 'ne Scheiß-Bühne, auf der du mächtig auf die Kacke hauen kannst – es sieht sogar aus wie 'ne verdammte Bühne –, und was das Schlimmste ist: Wir alle wissen das, schon bevor wir uns auf den Weg machen. Also geht's gar nicht um Gold oder Land oder Freiheit – Ha! Freiheit, *Scheiße!* – oder darum, die Wildnis zu zivilisieren oder den Wilden die heidnischen Bräuche aus dem Kopf zu schlagen! Pfaffenkacke! Es geht um – und jetzt pass gut auf! –, es geht um *Stil.* Um nichts anderes. Abgesehen vom Töten natürlich. Ohne Töten hast du keinen Stil, aber das ist leicht, das kann jeder, wie essen und furzen. Aber einen umlegen und dabei Klasse zeigen, mit Eleganz und auf eine ganz eigene Art – das ist selten, da gibt's in einer Million oder Milliarde vielleicht einen. Und das ist der, der sich einen Namen macht – ob echt oder erfunden, ist egal –, aber dieser Name klebt wie Gift und zieht alle anderen an, und solange du das nicht kapiert hast, wirst du hier draußen gar nichts werden, Kleiner. Ich meine, du hast ja einen hübschen Hut auf den Ohren, aber so weit ich sehen kann, ist das, was drunter ist, ungefähr so viel wert wie 'n Haufen alte Pferdescheiße.

Danke, Alter, das ist 'n sehr nützlicher Rat, besonders wenn er von einem so stilvollen Mann kommt wie dir. Aber ich will ja nichts werden.

Und wie zum Beweis dafür tritt ihm an der Tür ein magerer, langhaariger Bursche in schwarzem Anzug und Bowler in den Weg, ein Fotograf anscheinend, nach den Gerätschaften zu urteilen, die er bei sich trägt. Bring den alten Furz lieber nicht da rein, sagt er. Das Licht da drinnen ist beschissen. Ganz zu schweigen von dem Gestank.

Er stirbt, und es ist sein letzter Wunsch. Und er hat schlimme Schmerzen.

Was du nicht sagst. Tja, das wird bald weder ihn noch irgendjemand sonst interessieren, antwortet der Fotograf mit einem bösen, goldblitzenden Lächeln und baut seinen Apparat auf. Alles geht vorbei, mein Freund – das ist die gute Nachricht. Setz ihn auf den Stuhl da, damit ich sein unappetitliches Äußeres für die Nachwelt bewahren kann, wenn er den Löffel abgegeben hat.

Die Vorstellung, fotografiert zu werden, scheint dem alten Goldgräber zu gefallen, auch wenn er das eigentliche Ereignis nicht mehr erleben wird, und so setzt er ihn auf den Stuhl, den der Fotograf aus der zerschossenen Hütte herbeischleppt. Lehn mich 'n bisschen zur Seite, Kleiner, keucht der Goldgräber, damit ich nicht auf dem verdammten Pfeil sitzen muss.

Der alte Knacker besteht ja nur noch aus Haaren, knurrt der Fotograf unter seinem schwarzen Tuch, während er durch die Linse sieht. Die fettigen schwarzen Strähnen seines eigenen Haars kriechen wie Spinnenbeine unter dem Tuch hervor. Sieht aus wie der Hintern von einem Stachelschwein. Drück ihm mal die Goldpfanne in die Hand, damit er wenigstens halbwegs menschlich aussieht.

Das tut er, und auf Anweisung des Fotografen legt er ihm auch die uralten Pistolen auf den Schoß und rückt ihm den Schlapphut zurecht. Dann steigt er auf das alte Maultier und macht sich daran weiterzuziehen. Was du brauchst, Kleiner, ruft der Alte ihm nach, ist ein richtiger Partner. Er winkt vorwurfsvoll mit dem abgenagten Oberarmknochen – vielleicht winkt er auch zum Abschied. Es ist so ziemlich das Nackteste, was er je gesehen hat. Ich würd dir ja gern den Gefallen tun, aber du bist 'n bisschen zu spät dran!

Ich weiß, sagt er. Ich bin immer zu spät dran. Sieht so aus, als wär das *mein* Stil.

Das löst einen erneuten Anfall aus – keckerndes Lachen, Husten, ausgespuckte dunkle Brocken. Ein Bild des Jammers, dem er den Rücken kehrt. Die Stadt ist inzwischen nicht mehr zu sehen, und er ist wieder ganz allein in der gewaltigen leeren Wüste.

Es ist finster – wieder eine mondlose Wüstennacht –, als er das verschwundene Sicherheitskomitee schließlich findet, und er folgt dabei nicht dem Schein eines Lagerfeuers oder dem Klang von dreckigem Gelächter, sondern dem Muhen der gewaltigen Rinderherde, die die Männer rings um ihr Lager zusammengetrieben haben. Ein weit entferntes Feuer flackert inmitten der Herde wie das von Kerzen erleuchtete Zentrum eines sich ständig verändernden Irrgartens. Die ganze Prärie ist angefüllt mit diesen dämlichen, sich gegeneinander verschiebenden Viechern. Er muss sich zwischen Tausenden von ihnen einen Weg bahnen und versuchen, ihren Sensenhörnern auszuweichen, und er treibt sein widerwilliges Tier, das jetzt nur noch an der Unterseite weiß ist, vorsichtig immer tiefer hinein; es ist, als bewegte er sich durch ein zähflüssiges, muskulöses Meer und stemmte sich gegen eine hartnäckige Flut, auch wenn er keine Ahnung hat, woher sein Wissen von Meeren und Fluten überhaupt stammt. Sobald er in die Herde eingetaucht ist, kann er meilenweit nichts als Rinder sehen, und er denkt besorgt, dass er vielleicht dazu verdammt ist, für immer inmitten ihrer bleichen, mageren Körper dahinzutreiben wie auf einem Floß, oder jedenfalls so lange, bis die morschen Knochen seines Floßes nachgeben. Lücken öffnen sich, und er drängt sich hinein, wird von hinten geschoben und gestoßen und schiebt und stößt vorn mit dem Gewehrlauf, um neue Lücken zu öffnen, doch er kommt nur langsam voran und kann keine vernünftige Richtung beibehalten. Das flackernde Feuer ist ohnehin nicht mehr zu sehen.

Hlo, Sheriff. Wird aber auch verdammt Zeit, dass du dich mal hier blicken lässt, knurrt eine dumpfe Stimme hinter ihm. Er dreht sich um, die Winchester liegt über seinen Beinen. Das Sicherheitskomitee sitzt direkt hinter ihm neben einem Verpflegungswagen um ein loderndes Feuer. Die Männer rauchen, rülpsen, kauen Tabak und trinken aus Bechern und Flaschen. Ein hagerer, narbengesichtiger Mann mit Glatze, dessen Hut, gehalten von einer Kordel, auf seinem Rücken hängt, spielt auf einer Okarina und macht leise, klagende Geräusche, nicht unähnlich dem Muhen einer weit entfernten Rinderherde, und vielleicht war es genau dies, was er die ganze Zeit gehört hat – abgesehen von dem schlurfenden Schieben und Schaben ihrer scheuernden Körper. Ein einohriger Mestize mit Augenklappe und zerknautschtem Bowler blickt von dem weißen Stock auf, an dem er herumschnitzt. Im Feuerschein sieht sein gesundes Auge wie eine heiße Münze aus. Er fragt: Warum hast du eigentlich so verdammt lang gebraucht?

Der Sheriff hat *gekundschaftet*, sagt ein anderer, und daraufhin brechen sie in Gelächter und Gejohle aus und lassen ein, zwei Fürze schmettern.

Ein verknitterter, buckliger Alter mit Brille, Bankdirektorhosen und uhrenbestückter Weste spuckt ins Feuer und sagt: Tu nicht so, als wärst du ’n Fremder, Sheriff. Komm her und ruh deinen Arsch ’n bisschen aus.

Er zuckt die Schultern und wendet seinen Klepper mit Kniedruck und kleinen Stößen des Gewehrkolbens, aber das Tier ist störrisch, und als er es endlich geschafft hat, ist er schon wieder zwischen Rindern eingezwängt, und das Lager scheint sich entfernt zu haben. Zwischen ihm und dem Feuer stehen ein Dutzend magere Kühe mit erhobenen Schwänzen.

Sieht so aus, als ob du dir den Weg freificken musst, Sheriff, sagte ein muskulöser, schiefmäuliger Kerl mit Stirnband und dünnem schwarzem Schnurrbart.

Ach was, die alten Damen stehn nicht auf den Sheriff, grunzt der Bucklige. Die haben's eher auf den hübschen weißen Hengst abgesehn.

Der Gaul ist aber auch 'n Anblick. Auf den bin ich selber schon fast scharf.

Jungs, ich sage euch, ruft ein alter Graubart mit zusammengekniffenen Augen salbungsvoll, so ein Pferd zu reiten ist wie wiedergeboren werden.

Alle brechen in zustimmende Rufe aus wie bei einer Erweckungspredigt und saugen andächtig an ihren Whiskeyflaschen – Oder geritten zu werden! Ja! Har, har! Amen, Bruder! –, doch inzwischen haben die Kühe ihn immer weiter abgedrängt, sodass er keine Einzelheiten mehr erkennen kann, bloß ein paar schattenhafte Gestalten, die sich unter ihren Hüten um ein kaltes Feuer geschart haben, allein in einem dunklen Meer aus Rindern. Der Verpflegungswagen ist nur noch ein unbestimmt schimmernder Umriss vor dem schwarzen Himmel – wie eine Stellwand, hinter der etwas verborgen ist.

Ho, Sheriff!, ruft einer, er weiß nicht, wer, und sein Ruf verhallt beinahe in der gestaltlosen Prärienacht. Wo willst du hin? Die Bohnen werden kalt!

Anstelle der Ärsche von Kühen hat er jetzt hauptsächlich die Hörner von Stieren vor sich, und die haben die Köpfe gesenkt und wirken gefährlich. Tatsächlich wird ihm bewusst, dass sein armes altes Maultier nur noch deshalb aufrecht steht, weil die Hörner des Stiers, der es aufgespießt hat, noch in seinen Eingeweiden stecken und somit das praktisch bereits tote Tier stützen. Das Lagerfeuer sieht so groß aus wie ein Streichholz, das einer an sein Zigarillo hält. Bevor es ganz erlischt, spannt er den Gewehrhahn, schießt den Stier unter dem Maultier hinter dem Ohr in den Kopf und springt ab, als beide in sich zusammensacken wie undichte Ballons. Andere Stiere scharren drohend mit den Hufen, doch er erschießt sie mit dem Gewehr, zieht dann seine Revolver und feuert, um Platz zu schaffen, in die Herde. Das scharfe, unvermittelte Knallen der Schüsse in der Stille der Nacht schreckt die Tiere in seiner Nähe auf: Sie stieben blindlings auseinander, rennen sich gegenseitig über den Haufen, drängen in die Masse der anderen Rinder und verbreiten Panik wie ein ins Wasser geworfener Stein. Bald ist die ganze Herde in Bewegung, ohne zu wissen, wohin, und die Erde erzittert unter dem Donnern der Hufe und der rempelnden Körper wie eine Matratze, die ausgeklopft wird. Einige der Tiere rennen mit schreckgeweiteten Augen auf ihn zu, doch obgleich der Boden wackelt und bebt, weicht er nicht zurück, sondern erschießt sie eins nach dem anderen. Er pumpt Blei in ihre dummen Kuhhirne, bis seine Waffen heiß werden. Das Getöse der Stampede ist ohrenbetäubend, und mehr als einmal bringt ihn das heftige Wogen der Erde zu Fall, doch dann ist plötzlich die ganze Herde in der Nacht verschwunden wie eine Schrift, die man von einer Tafel gelöscht hat, und alles ist still.

Er steckt die Revolver in die Halfter, hebt das Gewehr auf, lädt nach und macht sich auf den weiten Fußmarsch zum Lagerfeuer, wobei er teils zwischen den schwarzen Silhouetten der

Kadaver, die seinen Weg wie klobige Meilensteine säumen, hindurchgeht, teils über sie hinwegsteigt. Einige der Rinder, an denen er vorbeikommt, sind noch nicht ganz tot; sie starren ihn mitleidheischend aus großen, feuchten Augen an, durch die er sie mit dem Gewehr erschießt, damit ihr Sterben kurz, aber intensiv ist.

Am Lagerfeuer begrüßt man ihn mit Gemurmel und Geknurre, das weitgehend unverständlich ist, bis auf die Flüche, die den größten Teil des Gesagten ausmachen, aber auch nicht erkennen lassen, worum es eigentlich geht. Wie war das nochmal?, sagt er.

Wir haben gesagt, dass du unserer Herde ernstlichen Schaden zugefügt hast, Sheriff, stößt der schiefmäulige Bursche mit dem Bleistiftstrich auf der Oberlippe hervor. Genau genommen ist sie überhaupt nicht mehr da. Das werden wir dir vom Gehalt abziehen.

Gut. Ich wusste gar nicht, dass ich ein Gehalt kriege.

Ist ja auch nicht viel. Nach dem, was du heute Nacht hier angerichtet hast, schuldest du uns ungefähr vierzig Jahre, würde ich sagen.

Und dabei sind unsere sentimentalen Gefühle für die armen kleinen Biester noch gar nicht veranschlagt, sagt der graubärtige Predigertyp, packt eine Eidechse, die neben ihm auf einem Stein sitzt, und wirft sie ins Feuer, um sie zappeln zu sehen. Wir sind regelrecht am Boden zerstört.

Das Gewehr in der Armbeuge, betrachtet er sie kühl. Tja, das ist traurig, sagt er. Aber was wolltet ihr überhaupt mit all den Viechern? Ich dachte, ihr wärt auf Skalps aus.

Na ja, Sheriff, da gibt's ein kleines Problem, sagt der Bucklige und schiebt sich ein Stück Kautabak in die mit grauen Bartstoppeln gesprenkelte Wange. Wir haben hier nämlich keine Wilden mehr. Ist schon 'ne halbe Ewigkeit her, seit ich einen lebendigen Indianer mit vollem Haar und allem gesehen hab. Er spuckt ins Feuer, dass es zischt.

Und was ist mit den vergewaltigten Frauen?

Mit den was?, schnaubt der Mestize und sieht mit dem gesunden Auge von seiner Schnitzarbeit auf. Ha! Die Frauen!

Sie johlen und pfeifen, der Okarinaspieler spielt eine Tanzmelodie, und ein dicker Mann mit Schweinsäuglein und einem gewichsten, geschwungenen Schnurrbart steht auf, lässt die Hosen runter und wackelt vor dem Feuer mit dem Hintern.

Tja, wolln mal sehen, sagt der Alte mit den zusammengekniffenen Augen und dem Predigerton. Ich glaube, wir haben auf einem alten Beerdigungsplatz rumgebuddelt und uns 'n paar Skalps von Toten geholt. Damit du nicht enttäuscht bist. Sie sind in der Satteltasche da drüben. Riechen ein bisschen streng, aber bedien dich ruhig.

Darum geht's nicht. Ihr seid alle als Hilfssheriffs eingeschworen.

Wir haben uns wieder ausgeschworen. Hat einfach keinen Spaß gemacht. Darum haben wir uns auf Rinder verlegt.

Das ist viel besser als Skalps jagen.

Man kriegt auch besser zu essen, sagt der dicke Mann und knöpft sich die Hose zu. Außer wenn so ein schießwütiger Idiot vorbeikommt und einem die Steaks verjagt. Die anderen murmeln und grummeln, während der dicke Mann seinen erloschenen Zigarrenstummel am Feuer anzündet.

Was ich nicht kapier, ist, wo ihr die eigentlich her habt.

Die?

Eure Herde.

Tja, na ja, wir haben sie uns ausgeliehen, erklärt ein kleinwüchsiger, schielender Mann und stochert mit einem Knochensplitter in den Zähnen.

Ihr habt sie alle geklaut?

Also, man muss nicht gleich so ’n schlimmes Wort gebrauchen, Sheriff. Wie sollen wir hier draußen denn sonst zu ’ner Herde kommen?

Wir geben sie immer einfach weiter, sagt der Bucklige, die Backen voller Kautabak, sieht ihn über den Rand seiner Nickelbrille an und spuckt noch eine Ladung ins Feuer. So machen wir das hier immer.

Ich weiß nicht, sagt er. Ich kenn mich mit dem Gesetz nicht besonders aus, aber ich würde sagen, ihr habt’s gebrochen.

Alle lächeln ihn ausdruckslos an. Jetzt aber! Ha!

Wenn hier einer das Gesetz bricht, sagt der dicke Mann, der sich den Zigarrenstummel zwischen die Lippen geklemmt hat, dann der, der anderen die Rinder erschießt und ihre Herden vertreibt. Das ist im ganzen verdammten Terrortorium ’n Kapitalverbrechen, und ich schätze, uns bleibt gar nichts anderes übrig, als dich aufzuhängen. Nur damit alles seine Richtigkeit hat.

Außer natürlich, du hebst deinen Arsch an und bringst sie alle wieder zurück.

Und wie soll ich das machen? Die sind doch in alle möglichen Richtungen weggerannt.

Weiß ich auch nicht, Sheriff. Denk dir was aus, es ist ja schließlich *dein* Hals.

Ich sehe schon, dieser Ziegenarsch kann seine himmelschreiende Untat nicht wieder gutmachen.

Scheint sie noch nicht mal zu bereuen. Ein ganz halsstarriger Bursche.

Die Frage ist bloß: Wo können wir ihn hängen? Hier gibt’s keine Bäume.

Wir können den Verpflegungswagen nehmen, sagt der dicke Mann, greift sich einen Strick und schneidet mit einem

Schlachtermesser ein Stück ab. Und wenn das nicht hoch genug ist, spannen wir die Gäule ein und schleifen ihn hinterher.

Immer schön langsam, Arschgesicht, sagt der einohrige Mestize mit der Augenklappe und steht auf. Solange ich Hilfssheriff bin, vergreift sich keiner am Sheriff.

Ach ja? Und was willst du dagegen tun, du öliger Schleimscheißer?

Ich zeig dir, was ich dagegen tu, du jämmerlicher, aufgeblasener Fettarsch!, knurrt der Mestize, wirft den Stock weg und stürzt sich mit dem Schnitzmesser auf den dicken Mann.

Der dicke Mann ist überrumpelt, und das Messer fährt in seinen Bauch. Der Zigarrenstummel schießt ihm aus dem Mund, als hätte das eindringende Messer einen Abzug betätigt, doch es gelingt ihm, das Schlachtermesser tief in den Bauch des Mestizen zu rammen. Beide Männer ächzen und taumeln zurück, bevor sie sich wieder aufeinander stürzen.

Heh! Moment mal, Leute!, ruft er und hebt das Gewehr. Hört auf!

Misch dich lieber nicht in fremde Angelegenheiten, Sheriff, sagt der Alte mit den zusammengekniffenen Augen und reißt ihm das Gewehr aus den Händen. Das hier geht dich nichts an.

Aber …

Andere packen ihn und drehen ihm die Arme auf den Rücken. Das ist außerhalb deines verdammten Zuständigkeitsbereichs, Sheriff, grunzen sie. Sie heben ihn hoch und fesseln ihm die Füße.

Bei beiden Männern ist die Defensive nicht gerade stark entwickelt. Es ist mehr ein Freistilkampf, bei dem die Kontrahenten einander viele, viele Wunden beibringen; Tempo und Durchhaltevermögen sind wichtiger als Kunstfertigkeit. Im flackernden Feuerschein fahren die blutigen Klingen blitzend in den Körper des Gegners hinein und wieder heraus. Der

Hilfssheriff verliert das zweite Ohr, den Kehlkopf und zweifellos noch einiges andere, das man nicht sehen kann. Das Lächeln des dicken Mannes reicht jetzt von einem Ohr zum anderen, der steife Schnurrbart ist zu einer Bürste gestutzt, und sein Bauch ist so durchlöchert, dass die Eingeweide langsam herausquellen, doch keiner der beiden gibt auch nur einen Fußbreit nach. *Wack, wack, wack,* machen die Messer, und er kann nur zusehen. Die beiden sind inzwischen durch Blut und Schmerzen wie geblendet und stecken Hieb um Hieb um Hieb ein, und die anderen Männer des Sicherheitskomitees feuern sie an, schließen Wetten ab und stoßen die Kämpfenden wieder zurück, wenn sie sich taumelnd verfehlen. Schließlich bricht das Messer zwischen den Rippen des Mestizen ab, und als der entwaffnete dicke Mann auf die Knie sinkt, erledigt ihn sein Gegner nach Schlachtermanier, indem er ihm die Klinge beidhändig in den Nacken stößt.

Der übel zugerichtete Hilfssheriff steht schwankend da. Er trägt noch immer den zerknautschten Bowler, die abgebrochene Klinge steckt in seiner Brust, und sein Körper ist an hundert Stellen verletzt, sodass man die inneren Organe sehen kann, doch er hält seine blutige Waffe in der ausgestreckten Hand, als wäre er bereit, es mit jedem Herausforderer aufzunehmen. Das Feuer taucht sein zerschnittenes Gesicht in ein unruhiges Licht und wirft einen gewaltigen Schatten auf die Plane des Verpflegungswagens hinter ihm.

Na gut, na gut, sagt der muskulöse Bursche ärgerlich. Wir haben's ja kapiert. Aber was ist mit unseren verdammten Rindern?

Der Hilfssheriff, dessen Stimmbänder zerschnitten sind und aus dem Loch in seinem Hals hängen, kann nicht antworten, doch er sieht den Okarinaspieler an und winkt ihm mit dem Messer.

Sieht so aus, als ob er will, dass du uns was auf deiner Süßkartoffel vorspielst, sagt der bebrillte Bucklige.

Der Mann nimmt das Instrument in die großen, knochigen Hände, beugt die schimmernde Glatze zum Feuer und imitiert wieder das leise Muhen. Fast im selben Augenblick – es dauert nicht länger als das flatternde Schnarren eines Kartenspiels beim Mischen – ist die Prärie wieder voller grasender Rinder.

Sie stellen ihn auf den Boden und lösen seine Fesseln. Er hebt die Winchester auf. Wenn du das kannst, warum habt ihr dann so ein Theater gemacht?

Ach, Sheriff, nimm nicht alles gleich so ernst, sagt der Predigertyp und blinzelt ihm mit den zusammengekniffenen Augen zu, während ein paar andere den besiegten dicken Mann in die Dunkelheit außerhalb des Feuerscheins schleifen. War bloß 'n harmloser kleiner Spaß, 'n bisschen Remmidemmi. Cowboys machen so was – das liegt in unserer Natur. Setz dich doch und nimm dir 'ne Portion Bohnen und Büffelfleisch.

Ich bin nicht hungrig. Dabei ist er regelrecht ausgehungert, doch ihr Essen sieht nicht gerade essbar aus. Aber zu 'nem Schluck von dem Whiskey würd ich nicht nein sagen.

Ha! Eine Stille senkt sich herab, als wäre sie vom sternennarbigen Himmel gefallen. Kann ich mir vorstellen!

Keiner rührt sich. Es ist schwierig, ihre Gesichter zu erkennen. Das Feuer ist bis auf die Glut heruntergebrannt, deren Schein die Männer in ein rotes Licht taucht. Die meisten scheinen ihn hinter dieser dicken roten Maske anzugrinsen oder ausdruckslos anzustarren. Sie warten, was er tun wird. Ihm bleibt anscheinend keine andere Wahl. Wenn er irgendwas will, wird er es sich selbst nehmen müssen, und was er will, hat er ja schon gesagt. Auf einem Stein jenseits des Lagerfeuers steht eine Flasche und blinkt, als wollte sie ihn verspotten. Er lässt die Hände der anderen nicht aus den Augen. In der reglosen Stille ist außer dem leisen Knacken und Rascheln des ersterbenden Feuers nichts zu hören. Selbst die Rinder scheinen ihr Grasen unterbrochen zu haben. Er ist schon beinahe entschlossen, die Flasche zu zerschießen, sie einfach in tausend Stücke zu schießen und eine neue zu verlangen, nur um zu sehen, was passiert, als sein Hilfssheriff sich hinunterbeugt und sie packt, wobei ihm das Blut aus den Wunden spritzt. Dann kommt er damit auf ihn zugetaumelt, geradewegs durch die Glut des Lagerfeuers. Als er ihm die Flasche in die Hand drückt, verdreht er sein gesundes Auge nach hinten und bricht vor seinen Füßen zusammen. Es herrscht weiterhin Todesstille. Er wischt das Blut vom Flaschenhals. Danke, Hilfssheriff, sehr freundlich, sagt er gleichmütig und setzt die Flasche, ohne die Männer aus den Augen zu lassen, an den Mund.

Die Flasche ist leer. Er wirft sie weg und hört sie über die ausgedörrte Erde rollen – ein dünnes, billiges Geräusch, das seinen Augen wehtut. Er ist ganz allein und liegt auf dem Rücken, der Hut auf dem Gesicht schützt ihn vor der glühenden Wüstensonne. Als er unter der Hutkrempe hervor ins gleißende Mittagslicht blinzelt, sieht er, dass sein Sicherheitskomitee – oder vielmehr das, was mal sein Sicherheitskomitee war – verschwunden ist und die Herde mitgenommen hat: Es ist nichts mehr da außer ein paar gebleichten Knochen und den verkohlten Überresten des Lagerfeuers. Und eine Satteltasche. Er will nicht wissen, was darin ist. Unter Schmerzen steht er auf und hat Mühe, sich auf den Beinen zu halten; sein Kopf wiegt eine Tonne, und es fällt ihm schwer, ihn auf den Schultern zu balancieren. Neben ihm, halb unter Sand begraben, liegt ein Stierschädel, der ihn aus leeren Augenhöhlen ansieht. Auf eines der Hörner ist ein Zettel gespießt. *Wir sind schon mal weitergezogen,* steht da. *Du kannst ja nachkommen, wenn du willst. Jemand, der anpackt, können wir immer gebrauchen. Deine Kumpels vom Ex-Komitee.* Und auf der Rückseite steht: *P. S. Vorsicht mit der Klapperschlange, die in dem Schädel wohnt, die ist ein echt gemeines Vieh.* Zu spät. Sie hat ihre Zähne bereits tief in die Innenseite seines Oberschenkels geschlagen, der flache Kopf mit den glasharten Augen hängt, so groß wie ein alter, speckiger Stiefel, in seinem Schritt, und der gewaltige gestreifte Körper windet sich wild zwischen seinen Beinen und sieht aus wie ein monströser Penis aus irgendeiner Kuriositätenschau. Das dumpfe Pochen in seinem Kopf weicht sogleich einem wilden, scharfen Schmerz im Unterleib. An seinen Chaps wäre die große Schlange abgeglitten, doch sie hat den ungeschützten Teil seines Oberschenkels erwischt und sich fest in Fleisch und Leder verbissen. Er reißt das alte Bowiemesser mit dem Hirschhorngriff aus der Scheide und schneidet der Schlange den Kopf ab. Der Körper windet sich peitschend, doch der abgetrennte Kopf hängt zwischen seinen Beinen und blickt ihn, selbst als er ihm das Messer zwischen die Augen gestoßen hat, mit einer Mischung aus Bedauern, Vertrautheit und grinsendem Trotz an. Er reißt ihn heraus, doch die Giftzähne bleiben in seinem Fleisch stecken wie Stahlnadeln, die bis zum Knochen vorgedrungen sind.

Er knöpft die Chaps auf und zerrt an der Wildlederhose, doch sie sitzt zu eng; er kann sie über den Hintern hinunterziehen, aber nicht über den Schlangenbiss – sie ist wie eine zweite Haut. Oberschenkel und Unterleib schwellen bereits an und verfärben sich, und er spürt den Beginn einer Übelkeit. Er weiß, dass er das Gift aus der Wunde saugen müsste, doch sie ist an einer Stelle, die er mit dem Mund nicht erreichen könnte, selbst wenn es ihm gelänge, die Hose auszuziehen. Also stößt er das Bowiemesser durch das Leder in die Einstiche und drückt Blut und Gift heraus, so gut er kann. Er merkt, dass er fiebrig wird und sein ganzer Körper aufquillt.

Er hat das Gefühl, dass dies sein Ende ist, doch dann sieht er in der wabernden Hitze am Horizont die Stadt. Das ist seine einzige Chance. Er wirft den Revolvergurt über die Schulter und taumelt, überströmt von kaltem Schweiß, in Richtung Stadt. Er strauchelt, fällt hin, kommt wieder auf die Beine und setzt seinen Weg fort. Das Gift macht ihn fertig. Manchmal ist die Stadt da, manchmal nicht. Er sieht ein weiches Bett mit einer Quiltdecke, das sich, als er näher kommt, als Beifußgestrüpp erweist. Ein Wasserloch verwandelt sich, als er mit weit aufgerissenem Mund hineinfällt, in einen ausgetrockneten Graben, und er landet mit dem Gesicht im Sand.

Während er da liegt und Sand zwischen seinen Zähnen knirscht, kommt es ihm so vor, als ob er sich erinnerte – irgendwie erinnert er sich, und irgendwie passiert es jetzt –, dass er einen Planwagenzug von Einwanderern durch die staubige Prärie nach Westen begleitet hat. Möglicherweise als Kundschafter oder als Begleitschutz, vielleicht war er auch einer der Pioniere, es ist nicht ganz klar. Ihr Weg führt sie durch endlose Weiten schwarz verbrannten Graslandes, und der Staub, den die hölzernen Räder aufwirbeln, ist so dicht, dass auch die feuchten Halstücher, die sie sich vor den Mund gebunden haben, ihn nicht aufhalten können (er schmeckt ihn auf der Zunge, die ebenso ausgetrocknet ist wie seine Kehle). Die Ochsengespanne stapfen dahin, die Joche aus Hickoryholz knarren, Ketten klirren, Kochtöpfe klappern, trocken gelaufene Achsen quietschen, Kinder schreien – das alles kann er hören. Urplötzlich und aus dem Nichts ziehen Gewitter herauf und stürzen sich wütend auf sie, Blitze schlagen ringsum ein wie elektrische Kanonenkugeln, aber ebenso schnell ist dann alles wieder vorbei, und das Land ist so heiß und staubig, als wäre nie ein Tropfen Regen gefallen.

In der Ruhe nach einem solchen Sturm werden sie, als sie

gerade unter den geölten Planen der Wagen hervorkriechen, von einem Trupp wild kreischender berittener Indianer angegriffen, die so plötzlich da sind, als wären sie aus dem davonziehenden Gewitter gekommen. Ihre nackten Körper sind von Kopf bis Fuß mit roten und schwarzen Streifen bemalt, ihr langes, ebenholzschwarzes Haar weht im Wind, und sie tragen Adlerfedern auf dem Kopf und Streifen aus Antilopenfell und weiße, fedrig weiche Stinktierschwänze an Ellbogen und Knien – wirklich sehenswert, aber wer zu lange hinsieht, wird möglicherweise in ein Nadelkissen verwandelt. Die Siedler – Männer, Frauen und Kinder, auch ihre Pferde und Ochsen – sinken ohnehin schon in sich zusammen, mit Pfeilen in Hals, Brust und Augen. Ihm ist, als würde er sie alle erkennen, obgleich er sie noch nie gesehen hat, außer der schönen Witwe in Schwarz, der Lehrerin aus der Stadt da drüben, die zwischen den hingestreckten Siedlern umhergeht, die Verwundeten behandelt, die Sterbenden tröstet und die verletzten, verwaisten Kinder ablenkt, indem sie ihnen das Abc beibringt.

Das Denken fällt ihm schwer, denn er hat große Schmerzen, und ihm ist schrecklich übel, aber auf einem Bein hüpfend und vor Schmerz und Übelkeit wankend gelingt es ihm irgendwie, aus den Planwagen einen Kreis zu bilden, die Deichseln an die Hinterachsen zu ketten und so eine provisorische Barrikade gegen den unablässigen Pfeilregen zu schaffen. Die unförmigen Wagen schwanken und stürzen um, und Schmortöpfe, Schaukelstühle und Butterfässer fallen heraus wie Friedensangebote. Pflüge, Bratpfannen, Nachttöpfe, Sägen – mitgeführte Waren, deren Unmasse ihn schwindeln lässt oder vielleicht den Schwindel versinnbildlicht, der ihn ergriffen hat. In der Ferne erklingt ein Kavalleriesignal, das jedoch unvermittelt abbricht – alle Hoffnung ist verloren, sie sind völlig auf sich allein gestellt. Er und die noch lebenden Siedler widmen sich ganz der Aufgabe, diese Wilden zu töten, und erledigen sie in großer Zahl; sie von ihren Pferden zu schießen ist so leicht wie Fliegen mit einer Klatsche zu erschlagen, doch die Indianer galoppieren weiterhin in Wellen heran, blasen in Kriegsflöten, die sie aus den Flügelknochen von Adlern angefertigt haben, stoßen gellende Schreie aus, als wären sie Geister und Dämonen, und lassen ihre Pfeile so dicht und schnell auf sie herabregnen, dass sie Sonne verdunkeln und bald kein Siedler mehr übrig ist außer ihm selbst, und er hat einen Pfeil an der Innenseite des Oberschenkels abgekriegt, nach der Schwellung zu urteilen vermutlich einen vergifteten. Sein Mund ist voller Sand.

Er hat das Gefühl, dass dies sein Ende ist, ein Gefühl, das ihm irgendwie bekannt vorkommt, aber da tritt die Lehrerin hinzu und betrachtet ihn mit einem Blick, als wäre sie entrüstet über das, was sie da sieht. Tut mir Leid, Mam, aber das geht bald vorbei, sagt er oder glaubt, dass er es sagt, nichts ist mehr klar. Er weiß, dass er da unten, wo der Pfeil steckt, hässlich und aufgequollen aussieht, und er ist sich nicht sicher, ob seine Hose ganz heraufgezogen ist. Macht nichts. Sie holt eine Schere hervor, schneidet die Hose auf, reißt den gefiederten Pfeil heraus, als wäre er ein Unkraut, zieht einen ihrer schwarzen Strümpfe aus und bindet sein nacktes Bein damit ab, wobei er einen ganz kurzen Blick auf die zarte weiße Wade unter all den schwarzen Röcken erhascht, und das – oder vielleicht auch der Schmerz – lässt ihn beinahe weinen. Sie wühlt und schneidet mit der Schere in der Wunde herum, beugt sich dann hinunter und saugt das Gift heraus. Über ihnen schwirren noch immer Pfeile, doch sie scheinen höher und höher zu steigen, bis sie beinahe nicht mehr zu erkennen sind, wie Falken, die am Himmel schweben. Er hört, wie sie saugt und spuckt, er sieht, wie sich ihr fester schwarzer Haarknoten zwischen seinen Beinen auf und ab bewegt, doch er spürt nichts – alles unterhalb der Abbindung ist gefühllos. Oberhalb dagegen nicht. Wo ihre Hand ruht. Als sie fertig ist, reinigt sie die Wunde mit einer warmen Flüssigkeit, die sie in irgendeinem Gefäß mitgebracht hat, bestäubt sie mit einem weißen Pulver, das aussieht wie Pottasche, und gießt ihm etwas in die Kehle, das wie Ammoniaklösung schmeckt und ihn husten und würgen lässt. Noch während er nach Luft schnappt, stößt sie eine lange, stumpfe Nadel in eine empfindliche Stelle oberhalb der Wunde, sodass er aufschreit wie einer dieser kreischenden Wilden, und spritzt ihm etwas aus einer Flasche, auf deren Etikett er einen Schädel und gekreuzte Knochen sieht. Still jetzt, sagt sie und löst die Abbindung, um den schwarzen Strumpf als Verband zu benutzen. Dabei streift sie des Öfteren das Ding, das neben der Wunde steht, das einzig Stehende im Umkreis von Meilen. Bevor sie sich erhebt und ihn dort liegen lässt, betrachtet sie es einen Augenblick lang so kummervoll, als wäre es das Traurigste, was sie je gesehen hat.

Tut mir Leid, Mam. Da kann ich nichts gegen machen. Aber vielen Dank. Sie sieht ihn stirnrunzelnd an, die ungeschminkten Lippen fest aufeinander gepresst. Auf ihrer Wange ist ein winziger Schönheitsfleck, der anscheinend zur Komplementierung ihres langen schwarzen Kleides dort aufgemalt ist, in Wirklichkeit aber wohl nur ein Muttermal ist. Für was Sie mit meinem Bein gemacht haben, meine ich.

Für das, sagt sie streng. Ich bin dankbar *für das*, was Sie mit meinem Bein gemacht haben.

Ja, Mam. Er schließt die Augen.

Gern geschehen.

Als er die Augen wieder aufschlägt, sieht er rings umher schwarzen Satin und denkt einen Moment lang, er liege in einem Sarg. Nein, nein, ich bin nicht tot!, keucht er und versucht aufzustehen.

Natürlich nicht, Sheriff-Schätzchen. Die Saloon-Sängerin sitzt am Frisiertisch und pudert ihr Dekolleté. Er lässt sich zurücksinken. Sein Unterleib fühlt sich an, als wäre er von einem Pferd getreten worden. Durch das offene Fenster, vor dem Spitzenvorhänge schlaff in der Mittagshitze hängen, hört er quietschende Wagenräder, das Hämmern des Hufschmieds, Stiefeltritte auf den Holzbürgersteigen, Flüche, Wiehern, Rufe, hin und wieder einen Schuss. Diese Geräusche scheinen allein für ihn bestimmt und nicht dauerhafter zu sein als sein Bedürfnis nach ihnen, und vielleicht sind sie ja wirklich nichts weiter als Worte in jener Sprache, in der Städte mit Sheriffs sprechen. Obwohl es 'ne Zeit lang ganz schön auf der Kippe stand, Schätzchen.

Ich hatte einen schrecklichen Traum. Wenn's ein Traum war. Kam mir jedenfalls sehr wirklich vor.

Nach dem, was ich sehen konnte, war's ein ganz schön aufregender Traum.

Ich hab in der Wüste gelegen, im Sterben. Ganz allein. Und dann kamen Wölfe. Ein ganzes Rudel.

Lass mich raten. Sie haben dich aufgefressen.

Das dachte ich. Und ich konnte nichts machen. Aber sie haben mich nicht gefressen. Aber sie haben mich bloß beschnüffelt und an meiner Wunde gesaugt und an meinem, äh, männlichen Teil rumgeleckt wie Kühe an einem Salzbrocken. Und ich hatte Angst, wenn ich mich bewege, beißen sie ihn mir ab, und darum musste ich stocksteif liegen bleiben.

Immer wenn mir so was passiert, juckt's mich am ganzen Körper, und ich muss furchtbar niesen.

Das war eigentlich nicht so sehr mein Problem.

Nein, aber so ähnlich. Sie zwinkert ihm im Spiegel zu, hebt ihre Brüste eine nach der anderen an und trägt auf die Brustwarzen Rouge auf. Na ja, aber das erklärt wenigstens den Zustand, in dem ich dich gefunden hab: ganz geschwollen und wild phantasierend, als hättest du 'n Loch im Kopf. Deine Hose war in Fetzen, und du warst mit irgendwas Ekelhaftem bepisst – müssen wohl die Wölfe gewesen sein. Du warst ein echt trauriger Anblick, Schätzchen. Die ganze Stadt ist zusammengelaufen, als ich dich hergebracht hab.

Da weiß ich nichts von.

Natürlich nicht. Du warst ja völlig weg. Deine Hose übrigens auch, und ausgesehen hast du süßer als 'ne Zuckerstange. Ich hab die Geier verscheucht und deinen beeindruckenden Körper über mein Pferd gelegt, und dann bin ich mit dir die Hauptstraße runtergeritten; wir haben 'ne richtige Parade veranstaltet, mit Fähnchen und Feuerwerk und Blaskapelle – hat mehr Spaß gemacht als 'n Indianerpicknick. Aber das Schönste war, als du mich gefragt hast, ob ich dich heiraten will.

Als ich *was*?

Weil ich doch so frisch verwitwet bin, musste ich natürlich erst mal ein bisschen darüber nachdenken –

Belle! Dann sind wir also nicht verheiratet?

Nein, noch nicht, aber der Priester muss jeden Moment hier sein. Ich hab mir zur Feier eine ganz besondere Unterwäsche gekauft – du wirst richtig begeistert sein. Ich würd sie dir ja zeigen, aber es bringt Unglück, wenn man die Unterwäsche der Braut vor der –

Aber das geht nicht, Belle! Es … es … wie soll ich sagen? Es passt einfach nicht zu meinem Job!

Quatsch! Ich besorg dir einen anderen. Du könntest Klavier spielen.

Ich kann aber nicht Klavier spielen!

Ich bring's dir bei.

Ich will's aber gar nicht beigebracht kriegen. Sie beugt sich über ihn, damit er ihre rubinroten Brustwarzen küssen kann, doch er wendet den Kopf ab. Belle, verdammt, das ist nicht gut. Ich bin nicht der sesshafte Typ.

Du wirst dich schon dran gewöhnen, Schätzchen. Außerdem ist es zu spät – du hast es ja schon versprochen.

Aber du hast doch selber gesagt, dass ich ganz weg war.

Das ist egal – versprochen ist versprochen. Und ein gebrochenes Versprechen ist hier vielleicht kein Kapitalverbrechen, aber die Strafe dafür ist trotzdem kein schöner Anblick. Sie kitzelt ihn mit einer ihrer bemalten Brustwarzen am Ohr. Na komm, mein Schöner, gib ihnen mal einen kleinen Kuss. Von jetzt an gehören sie nur dir. Meistens jedenfalls.

Es klopft an der Tür. Es ist offen!, ruft Belle, die sich noch immer über ihn beugt und sein Ohr mit ihrer Brustwarze verstopft. Ein hagerer, kahlköpfiger Mann mit einem Ziegenbärtchen tritt ein. Ein Auge ist durch eine hässliche Narbe verschlossen, vor das andere hat er ein Monokel geklemmt, in den gefalteten Händen hält er einen Bowler und eine Bibel, und den Hemdkragen trägt er verkehrt herum. Einen gesegneten guten Tag, liebe Freunde, sagt er. Ich bin gekommen, weil ihr in den heiligen Stand der Ehe treten wollt.

Wir sind gleich so weit, Hochwürden. Muss nur noch die letzte Schicht auftragen.

Andere Männer aus der Stadt drängen sich durch die Tür. Hallo, Belle! Wir haben alles so gemacht, wie du gesagt hast. Sieht unheimlich brautmäßig aus da unten!

Danke, Jungs! Es gibt haufenweise zu futtern, und die Drinks gehen heute auf mich und den Sheriff! Ich brauch ein paar von euch, um meinen lieben Bräutigam nach unten zu schaffen, weil er momentan nicht gut zu Fuß ist, aber die anderen können ja runtergehen und schon mal anfangen.

Jippie!, schreien sie, werfen die Hüte in die Luft und poltern die Treppe hinunter. Der Priester schreit so laut wie alle anderen.

Ein alter Knacker mit zusammengekniffenen Augen, einem langen Bart und Holzbein sowie ein Bursche mit dünnem Schnurrbart und zerknautschtem Zylinder bleiben da, und während Belle sich wieder an den Frisiertisch setzt und den Rubin in ihre Wange steckt, treten sie ans Bett, um ihm aufzuhelfen.

Immer langsam, Freunde. Ich glaub, wir sollten die Sache lieber verschieben. Ich kann ja nicht mal richtig stehen.

Das ist nur, weil du so nervös bist, Sheriff, sagt der Trottel mit dem Zylinder, als sie ihn unter den Decken hervorzerren. Der Bursche trägt einen Arm in einer Schlinge, oder vielleicht hat er ihn auch verloren, und was aussieht wie ein Schnurrbart ist, wie er jetzt bemerkt, mit einem Brandeisen eingebrannt. Weiß man doch – an seinem Hochzeitstag ist jeder nervös.

Mir ist klar, dass du gleich zur Sache kommen willst, Belle, sagt der mit dem Holzbein, aber sollten wir ihm nicht lieber erst mal 'ne Hose anziehen? Er sieht unten rum wirklich nicht so toll aus – ich glaub, mir wird gleich schlecht.

Die Hose ist noch nicht ganz geflickt, sagt die Sängerin und windet sich mit wackelnden Hüften in ein Brautkleid aus Samt und Seide. Außerdem stinkt sie. Er wird so gehen müssen, wie er ist.

Hast du nicht wenigstens 'n alten Rock oder so was, das er anziehen kann?

Ich zieh keinen Rock an, sagt er mit Bestimmtheit.

Und ich heirate keinen Cowboy, der einen trägt, sagt Belle und knöpft ihr Kleid zu.

Wenn das so ist, dann immer her damit, sagt er.

Wie wär's mit deiner alten rosa Unterhose, Belle? Der altmodischen, langen mit dem Loch hinten?

Na klar. Ich weiß zwar nicht, ob sie sauber ist, aber sie müsste da drüben liegen, hinter der Stellwand. Sie werfen ihn wieder aufs Bett, und der Alte geht hinter den Paravent, wobei er das Holzbein auf den Boden stößt, als wollte er die Dielen spalten.

Der einarmige Trottel hilft Belle beim Zuknöpfen, und so zieht er sich zum Bettrand und will sich zu Boden gleiten lassen. Zerschlagen, wie er ist, wird er nicht sehr weit kommen, aber er denkt, wenn er es bis zum offenen Fenster schafft, kann er sich vielleicht hinausschwingen.

Falsch gedacht. Holla, Sheriff, sagt der Bursche mit der gebrandmarkten Lippe, schlendert zum Bett, dreht ihn einarmig auf den Bauch und fesselt ihm in einem eleganten Schwung die Hände auf den Rücken. Kein Grund zur Aufregung. So 'n Bund fürs Leben ist doch nicht das Ende der Welt.

Der alte Graubart kommt herbeigestampft, und obgleich er sich wälzt und windet und nach ihnen tritt, ziehen sie ihm Belles schimmernde Unterhose an, so eng sie auch ist. Der Alte hält ihn fest, während der Einarmige die Bändchen an den Knien zu Schleifen bindet. Ha! Isser nicht süß?

Du hast sie ihm verkehrt rum angezogen, Hilfssheriff, bemerkt die Sängerin und zupft die Rüschen an ihrem Kleid zurecht. Sein Ding hängt raus.

Anders ging's nicht, Belle, sonst hätten wir ihm die Klöten in den Bauch schieben müssen. Aber ist doch gut so. Spart Zeit.

Du bist mein Hilfssheriff?, fragt er den Alten mit dem Holzbein.

Klar, Sheriff, sagt der und schnallt ihm den Revolvergurt um, während ihm der andere die Stiefel anzieht. Erkennst du mich nicht?

Er hat wohl ganz schön was mitgemacht da draußen in der Wüste.

Scheint so.

Na gut, Jungs, dann tragt ihn mal runter – ich kann's kaum noch erwarten.

Moment mal! Wenn du mein Hilfssheriff bist, befehle ich dir –

Später, Sheriff, sagt der Alte und verzieht das Gesicht. Tabaksaft fließt wie ein schmutziger Bach in seinen Bart. Sie drücken ihm seinen weißen Hut auf den Kopf, packen ihn unter den Armen, heben ihn vom Bett und tragen ihn zur Tür. Die Party kommt gerade richtig in Schwung, und ich bin so ausgetrocknet wie 'n Knochen in der Wüste.

Sie zerren ihn auf die Galerie, wo sie das Jubelgeschrei der Hochzeitsgäste unten im Saloon empfängt, gefolgt von einem Klaviertusch, dem Klirren von Flaschen sowie lauthals geäußerten, mit bewundernden Pfiffen unterlegten Kommentaren zu seinem Hochzeitsanzug. Sein Hilfssheriff hebt die Hand und zückt für ihn den Hut. Der Saloon ist ganz in Weiß dekoriert, mit langen, von Balken zu Balken gespannten Bändern aus gebleichten Lumpen und Bibelpapier, mit zarten Mullgardinen über Fenstern, Schwingtür und Bar, mit weißen Papierblumen auf den Spieltischen, wie ejakuliert hingestreuten weißen Pokerchips und Hunderten von klingend aneinander schlagenden weißen Stäbchen, die von den Bändern, Balken und Gardinen hängen und, wie er feststellt, als ihm auf dem Weg hinunter ein paar davon ins Gesicht baumeln, aus geschnitzten Knochen bestehen, die Menschen oder Tiere, meist in kopulierender Haltung, darstellen. Selbst die Spucknäpfe sind zur Feier des Tages weiß angemalt. Hinter dem schneeweißen Flügel hat man in Blockhausbauweise einen Bogen aus Arm- und Beinknochen über dem Glücksrad errichtet und es so in eine Art Hochzeitsaltar verwandelt. Das Schild Runde Bälle und gerade Queues! – sonst ein Hinweis auf den Billardtisch – ist daran festgemacht, und kleinere geschnitzte Knochen, die Geschlechtsorgane darstellen, hängen wie Fransen vom Scheitel des Bogens.

Seine mutmaßliche Braut sieht strahlend aus und stellt ihr Dekolleté zur Schau. Sie geht zwischen den Gästen umher, nimmt Komplimente entgegen, lässt sich umarmen und küssen, kneifen und auf den Hintern klatschen, trinkt hier und da ein Glas Whiskey, wird mit den üblichen anzüglichen Untertönen beglückwünscht und sammelt Beutel voller Goldstaub ein, die sie in ihrem Ausschnitt verschwinden lässt. Hochzeitsgeschenke, nimmt er an, oder vielleicht auch die Gewinne aus einer Wette, zweifellos einer, die er verloren hat. Er macht dem Hilfssheriff gegenüber eine diesbezügliche Bemerkung, doch der sagt: Neinnein, Sheriff. Das ist für die Hochzeitsnacht. Sie kassiert Eintritt.

Da werden die aber nicht viel zu sehen kriegen, grummelt er, und der Hilfssheriff lacht und entblößt die Lücken zwischen seinen tabakbraunen Zähnen.

Sie hat gesagt, es könnte so was wie 'n nackter Betrug werden, sagt er.

Das hier ist für dich, Schätzchen!, ruft die Sängerin und setzt sich mit angezogenen Knien auf den Flügel, worauf der Klavierspieler, ein ohrloser, Pfeife rauchender Mestize in weißem Pyjama, eine Melodie beginnt und sie ein Lied singt, in dem ein unzähmbarer Mustang gezähmt wird. Die Männer, die ihn heruntergetragen haben, heben ihn in seinem Wildlederhemd und der klaffenden, rosafarbenen Unterhose vor der ausgelassenen Gesellschaft hoch, gleichsam zur Illustration des Liedes. Kein unzähmbarer Mustang – er ist vor Kummer und Schmerz ganz eingeschrumpelt, seine Hände sind noch immer gefesselt, seine Beine sind bleischwer und nutzlos, sein Herz ist in die Stiefel gerutscht –, ein Bild der unerfreulichen Folgen übermäßiger Zivilisierung. Nach dieser Darbietung setzt der Priester den Bowler auf den kahlen Kopf, knallt die Bibel auf die Theke und ruft sie vor dem großen Glücksrad zusammen: Nehmt euch ’n Stuhl und setzt euch, Leute! Der heilige Stand der Ehe wird gleich vollzogen!

Stühle und Tische werden rumpelnd über den Holzboden geschoben. Der Mestize im Pyjama pafft an seiner Maiskolbenpfeife und hämmert eine Art Marsch in die Tasten, der wie ein Pferderennen oder ein führerlos dahinrasender Zug klingt, während er selbst nach vorn gezerrt und neben Belle aufgestellt wird. Hlo, mein Schöner, flüstert sie und zwickt ihn in den entblößten Teil seiner Anatomie. Ein Einzugschor aus Räuspern, Ausspucken, Rülpsen, Furzen und entweder Beten oder Fluchen erhebt sich, und dann spuckt der Priester einen Brocken aus, der den einige Meter entfernten, weiß angemalten Spucknapf erklingen lässt, und verkündet: Willkommen, liebe Brüder und Schwester! Wir haben uns hier versammelt, erfüllt von schrecklicher und heiliger Freude, um dem Sheriff auf unsere geliebte Belle zu helfen und ihn in den weichsten Sattel im ganzen verdammten Terrortorium zu heben, was ihr, da bin ich sicher, alle bestätigen könnt!

Die Männer brüllen und johlen und stampfen mit den Füßen – Amen! Gelobt sei der Herr! –, und die Sängerin errötet und wirft kokette Blicke über die Schulter. Dann nimmt sie seine Hand, drückt sie an ihre Hüfte und sagt: Ja, ich will! Ja, ich will!

Nicht so eilig, Süße, sagt der Priester und nimmt das Monokel aus dem Auge. So weit sind wir noch nicht.

Dann beeil dich ein bisschen, Hochwürden, ruft sie. Ich bin schon ganz nass. Sie wirft sich herum, drückt ihm einen Kuss auf, legt ein Bein um seine rosa behoste Hüfte und reibt sich an ihm, worauf die Gäste johlen und pfeifen und Flaschen an die weiß gestrichenen Wände werfen.

Sein verletztes Bein knickt unter ihrem Gewicht ein, und der Trottel mit dem Zylinder, der ihn mit seinem einen Arm stützt, grunzt: Reiß dich mal 'n bisschen zusammen, Sheriff! Jetzt kannst du den Mumm beweisen, für den du so berühmt bist.

Ich bin für gar nichts berühmt, stöhnt er, als der Priester die Sängerin von ihm wegzieht und ihr hilft, die Röcke zu glätten. Außer vielleicht dafür, dass ich immer in Schwierigkeiten komm.

Ha! Du bist schon 'ne Nummer, Sheriff, sagt sein Hilfssheriff, spuckt eine volle Ladung auf den Boden und stampft mit seinem Holzbein darauf herum, als wäre es etwas Lebendiges. Schätze, du hast es bei der Junggesellenparty 'n bisschen übertrieben.

Bei was für 'ner Junggesellenparty?

Bei deiner. Du weißt schon – weil du doch jetzt verheiratet wirst.

Aber ich hatte gar keine Junggesellenparty.

Moment mal, sagt der andere. Du hattest keine Junggesellenparty?

Was ist los?, fragt der Priester und rückt das Monokel zurecht.

Der Sheriff, sagt der Hilfssheriff. Er hatte keine Junggesellenparty!

Allgemeine Bestürzung. Die Sängerin wirkt ein wenig verzweifelt und sagt: Macht nichts! Er kann sie ja morgen feiern! Er kann jede Menge Junggesellenpartys feiern!

Tja, Belle, ohne Junggesellenparty kann er nicht heiraten, sagt sein Hilfssheriff. Das sind nun mal die Regeln.

Ach, Scheiße!, sagt Belle niedergeschlagen und tritt mit solcher Wucht gegen einen weißen Spucknapf, dass die dünnen Knochen ringsum leise erklingen.

Was meinst du, Hochwürden?, fragt der Alte.

Ich meine, uns bleibt gar nichts anderes übrig – wir müssen uns an die Regeln halten. Aber wir können das nicht hier veranstalten, der Laden ist viel zu schön geschmückt für so ein wildes, ungezügeltes Fest. Am besten, wir nehmen uns was zu trinken mit und bringen ihn zum Stall. Da kann nicht viel kaputtgehen, und wer weiß, vielleicht ist die alte Sau auch noch da. Wenn wir sie überhaupt finden.

Die Männer nehmen die Reste des Hochzeitsbanketts und zahlreiche Flaschen von der Bar und tragen ihn unter dem Klingen der Knochen zur Schwingtür des Saloons, während die Sängerin ihr Hochzeitskleid rafft, wütend die Treppe zu ihrem Zimmer hinaufstampft und dabei einen Schwall wilder Flüche ausstößt.

Heh, Belle, warte mal! Was ist mit unserem Goldstaub?

Ihr Wichser könnt euch einsargen lassen!, ruft sie.

Aber wir sind doch gar nicht tot, Belle.

Einen Scheiß seid ihr!

Mist!, sagt einer der Männer. Warum hat mir keiner gesagt, dass die Sau tot ist, bevor ich sie gepimpert hab.

Und was wär dann anders gewesen?

Zum Beispiel hätt ich nicht versucht, sie zu küssen.

Darüber brechen die Männer in dreckiges Grunzen und Schnaufen aus. Schätze, ich werd dem demnächst mal an die Wäsche gehen, sagt einer von ihnen finster. Und für die Wäsche wär das nicht das erste Mal. Er weiß, dass er schnell denken muss. Dabei fällt es ihm schwer genug, überhaupt zu denken, denn am Eingang hat er sich fast den Kopf eingeschlagen. Es war stockdunkel, und er saß auf ihren Schultern und sah den Balken über der Stalltür nicht kommen. Das hat ihn eine Zeit lang flachgelegt. Dann haben sie ihn mit noch immer gefesselten Händen in den Futtertrog gesetzt und seinen Oberkörper mit dem handgenähten Revolvergurt an einen Pfosten gebunden. Ab und zu kam einer und hat billigen Whiskey in ihn hineingeschüttet oder ihn mit Pferdescheiße eingeschmiert oder ihm gute Ratschläge für die Hochzeitsnacht gegeben, denn schließlich ist er ja der Ehrengast auf dieser Veranstaltung, aber im Großen und Ganzen haben die Männer das Essen und die Getränke auf dieser Junggesellenparty allein vertilgt. Sie sitzen zusammengesunken in einer leeren Stallbox um eine Petroleumlampe herum, machen Witze, ziehen einander auf, erzählen von schmutzigen Eskapaden, schlagen nach Pferdebremsen und fabulieren grimmige Geschichten zusammen, von denen die meisten irgendwas mit der Anatomie des Bräutigams zu tun haben. Der momentan nicht in Topform ist. In seinem Kopf wummert es. Von dem – was immer es auch war –, das ihm passierte, bevor er im Hochzeitsdrama der Sängerin gelandet ist, schmerzt sein Bein von der Schulter abwärts, und das meiste vom Rest seines Körpers ist auch nicht gerade pfleglich behandelt worden.

Obgleich er ein Mann ist, der seine Worte oder Ansichten gewöhnlich für sich behält, gehen ihm stets sorgenvolle Gedanken durch den Kopf, und trotz des Schlags, den er hat einstecken müssen, haben sie ihn nicht verlassen. Er ist ein rastloser Mann, dessen Geschichte sich ihm entzieht, noch während er sie erlebt, doch die Rastlosigkeit bedeutet Abenteuer, und wer seine eigene Geschichte zu genau studiert, wird von ihr beherrscht – dabei ist er doch vor allem ein freier Mann, der auf der Suche nach seinem Sinn ist, auch wenn es gar keinen gibt. So hat er sich jedenfalls immer gesehen, bis er die Rastlosigkeit aufgegeben hat, um sich hier als Sheriff zu versuchen. Zwar fällt ihm im Augenblick nicht ein, warum er das eigentlich getan hat, doch er glaubt, es könnte etwas mit der bedrückenden Einsamkeit zu tun haben, die sich wie etwas Übelkeit Erregendes an die Freiheit heftet, und auch mit der Anwesenheit der Lehrerin, die ihm ein Geheimnis und eine Herausforderung ist – ebenso wie den Männern, den erschreckenden Phantasien nach zu urteilen, die sie jetzt, da sie das Thema des Gesprächs ist, zum Besten geben. Vielleicht hatte es auch etwas mit Eitelkeit zu tun, mit dem Wunsch, eine weniger flüchtige Achtung zu erlangen als jene, die er sich auf der Durchreise mit den Fäusten oder dem Revolver erworben hat. Tja, er sollte wohl lieber so sein, wie er ist, und die Schwierigkeiten, in denen er steckt, hat er selbst heraufbeschworen, indem er nicht so war, wie er war; wenn er diese Tortur hinter sich hat, sollte er, so vergesslich er sonst auch ist, daran denken und sich nach Möglichkeit danach richten – das jedenfalls nimmt er sich vor, während er gefesselt und stinkend im Futtertrog sitzt. Das Nachdenken hat seinen Kopf einigermaßen klar gemacht, was ja, so scheint ihm, wohl auch der Sinn von Junggesellenpartys ist.

Am anderen Ende des Stalls sind ein paar Pferde, er kann sie leise schnauben und scharren hören. Obwohl er noch immer in Belles hautenger Unterhose steckt, trägt er auch seine Stiefel und silbernen Sporen, die infolge von jahrelangem Gebrauch – durch ihn oder einen anderen – zu messerscharfen Stahlrädern geworden sind, und ihm kommt der Gedanke, er könnte damit vielleicht die Fesseln durchschneiden, sich ein Pferd ausleihen und von hier verschwinden. Er muss nur sein unverletztes Bein unter seinen Hintern kriegen. Das erweist sich als schwierig, denn das andere Bein ist ständig im Weg, und so entsteht ein gewisses Rumsen und Poltern von Stahl, Holz und Knochen, doch die Männer sind zu betrunken und reden zu laut über die Lehrerin, um es zu bemerken. Das Bein anzuziehen ist nicht das einzige Problem. Kaum hat er es endlich in Stellung gebracht, da erkennt er, dass er eher seinen Hintern zerschneidet als die Fesseln. Dennoch schiebt er den

Strick langsam über den Sporn, vor und zurück, und er spürt, dass die Fasern des Stricks nachgeben.

Was mich richtig fertig macht, sind ihre Augen, sagt einer. Blau und feucht wie ein Veilchen im Morgentau, wenn ihr wisst, was ich meine. Und, oh, Scheiße, ihr Haar: wie Sonnenstrahlen, die zu wehenden goldenen Locken geworden sind, wie das Gold, das ich hier nie gefunden hab. Ich würd gern mal dieses Haar ficken.

Wovon redest du eigentlich, du Blödmann? Sie ist nicht blond. Und ihre Augen sind nicht blau, sondern eher irgendwie grau, wie Regen, klar und blass, als ob man hindurchsehen könnte. Ich würd gern mal diese Augen ficken.

Ihre Augen haben immer die verdammte Farbe, die ich sehen will, du nasser Haufen Rattenscheiße. Halt lieber die Fresse, bevor ich dir die Gedärme raushole und Frühstückswürstchen für meinen Köter daraus mache.

Du und wer noch, Arschgesicht?

Regt euch ab, Leute, ihr habt beide Unrecht, sagt ein anderer. Sie sind grün. Er sägt weiter an dem Strick um seine Handgelenke, und seine Aufmerksamkeit gilt ganz und gar dieser einen Tätigkeit, doch es scheint fast, als würden die durchgeschnittenen Fasern wieder zusammenwachsen, nur dicker als zuvor – es ist, als wären sie vernarbt. Ihre Augen sind so grün wie 'ne Frühlingswiese, gesprenkelt mit bunten Wildblumen, und so hell, als würde dahinter ein Licht brennen, und sie stehen in einem Gesicht, dessen Haut so zart ist wie eine edle und feine Mischung aus Lilien und Rosen, wenn ihr so was überhaupt schon mal gesehen habt. Und mittendrin eine niedliche kleine Nase, die einen so schmal und verletzlich ansieht, dass einem das Herz aufgeht für die unschuldige Reinheit von dem süßen Engel, dem sie gehört. Ich würd gern mal diese Nase ficken.

Aber sie ist natürlich nicht die ganze Zeit so süß.

Da hast du Recht. Mit ihrer Laune kommt man nicht immer gut klar.

Eigentlich kommt man da meistens nicht mit klar. Und «süß» ist nicht das richtige Wort.

Und wenn es *nicht* das richtige Wort ist, Alter, kannst du besser gleich in Deckung gehen, denn dann lässt sie ihre ganze Bildung auf dich los.

Ja, im Bildungloslassen macht ihr so schnell keiner was vor, unserer Lehrerin.

Das kannst du laut sagen, Alter. Einmal hab ich *brauchen* ohne *zu* gebraucht, als sie dabei war, und sie hat mich gepackt und mir den Mund mit Seife ausgewaschen. Ich dachte, ich ersticke an dem Scheiß-Schaum.

Und mich hat sie einmal eine Stunde lang mit dem Zeigestock verdroschen, weil ich einen Infinitiv falsch gebeugt hab.

Was ist ein Infinitiv?

Keine Ahnung. Aber wenn sie dabei ist, lass ich mir das nicht anmerken.

Er spürt, dass das Seil endlich nachgibt – nur ein paar Stränge halten noch –, doch er muss innehalten, als einer der Feiernden in den dunkleren Teil des Stalls geschlendert kommt, um in den Trog zu pissen. Es ist der kahlköpfige Priester mit der Narbe quer über dem Auge. Er hat den Kragen umgedreht, doch dafür trägt er jetzt alles andere verkehrt herum, was ihm am Trog gewisse Schwierigkeiten bereitet. Er ist sturzbetrunken und scheint ihn gar nicht zu bemerken. *Der* würd ich gern mal den Infinitiv beugen!, ruft der Priester, pinkelt über seinen Gürtel und macht so ziemlich alles nass außer dem Trog.

Pass auf, was du sagst!, ruft einer aus dem Kreis um die Lampe. Du gehst auf verdammt dünnem Eis.

Ich mein's ernst!, knurrt der Priester und geht zurück zu den anderen, wobei es noch immer aus seinem Hosenbein tröpfelt. Einige der Stränge scheinen, genährt von dem Blut aus den Schnittwunden an seinem Hintern, wieder miteinander verwachsen zu sein und sind so zäh wie Sehnen. Es ist keine Zeit zu verlieren. Wenn du's ganz genau wissen willst: Ich würd sie am liebsten flachlegen und ihr die schlaumeierische Seele aus dem Arsch ficken.

Wir reden hier von der Lehrerin, Hochwürden! Wir reden hier von einer Frau, die so zart ist wie eine Lilie, so rein und unschuldig wie ein Engel im Himmel!

Aber das ist doch nur ein Grund mehr! Ich meine, wir sind hier im gottverdammten Terrortorium, Jungs – was sollen wir hier mit Lilien? Scheiß drauf! Los, schnappen wir sie uns!

Starke Worte, Hochwürden. Ich bin der Zweite. Wer will der Erste sein?

Die Stille im Lichtkreis der Lampe wird schließlich von einem leisen, stotternden Furz unterbrochen. Sollte das 'ne Meldung sein oder was?, fragt einer. Neinnein, der ist mir bloß so rausgerutscht. Wie seine Handgelenke, denn die zähen, verschlungenen Fesseln sind endlich zerschnitten. Er schnallt den Gürtel auf, kriecht aus dem Trog, in dem jetzt durchtrennte, sich windende Seilfasern wimmeln, und arbeitet sich vorsichtig und hinkend dorthin vor, wo die Pferde stehen. Tja, sagt einer, es ist die Party vom Sheriff – soll er doch die Lehrerin zureiten.

Haben wir das nicht schon gehabt?

Nicht dass ich wüsste.

Aber wir haben doch –

Willst du damit sagen, dass ich lüge?

Neinnein, du hast schon Recht. Ich kann mich bloß nicht erinnern. Na gut, dann wollen wir ihn mal holen.

Der Vorschlag wird allerseits mit fettem Grunzen begrüßt,

und er weiß, dass er in Bewegung bleiben muss, und dabei ist Bewegung das, was ihm im Augenblick am schwersten fällt. Er hat das Gefühl, als müsste er sich durch tiefen Matsch quälen, um das andere Ende des Stalls zu erreichen, und das erstbeste Pferd zu besteigen geht über seine Kräfte. He! Wo ist er?, hört er einen rufen. Er ist weg! *Was?* Eine schreckliche Müdigkeit überkommt ihn, und er fürchtet schon, dass sein Heldenmut ganz umsonst gewesen ist, doch die Aussicht, die Lehrerin vergewaltigen und die Sängerin heiraten zu müssen, gibt ihm neue Energie. Er atmet tief durch den Mund und führt ein Pferd aus der Box. Da ist er! Da drüben, bei den Pferden! Mit letzter Kraft zieht er sich hinauf und legt sich quer über den Rücken des Pferdes, und dann schlägt er ihm mit dem Hut und dem Revolvergurt auf den Hintern und schreit, als hätte er den Verstand verloren. In wilder Flucht galoppieren sie aus dem Stall, hinaus in die Wüstennacht.

Um Mittag hängt er noch immer schlaff wie eine Stoffpuppe über dem Pferd. An seinem zerschnittenen, in der Sonne bratenden Hintern laben sich Fliegen. Jede Bewegung tut ihm weh, der ganze Körper tut ihm weh. Nach dem langen, wilden Galopp schmerzen seine Rippen so sehr wie alles andere, und sein Rücken fühlt sich an, als wäre er gebrochen. Aber wenigstens hat er die Stadt hinter sich gelassen. Für immer, hofft er. An die lange Nacht, an das, was nach den Rufen und Schüssen passiert ist, kann er sich kaum erinnern. Stattdessen denkt er an eine andere, lange vergangene Nacht in der Wüste, als er noch rastlos war und im Sattel saß und die Stadt noch nicht gefunden hatte – die war zu diesem Zeitpunkt nicht mehr als eine irritierende Unregelmäßigkeit am Tageshorizont. Er war schon seit einiger Zeit unterwegs und hatte sich an die bleiche Strenge des Horizonts und der leeren Wüste, die er durchquerte, gewöhnt, doch in jener Nacht erschien ihm das Land noch unbelebter als zuvor. Kein einziger Kaktus, kein Joshua-Baum, kein Beifuß, nicht mal Unkraut. Keine Steppenhexen. Kein Wasser. Nur Sand und Steine, so weit das Auge reichte, ein gewaltiges, lebloses Ding, das sich unter der fremden Gewaltigkeit des sternenübersäten Himmels in alle Richtungen erstreckte, unter jenem leblosen Jenseits jenseits dieses leblosen Jenseits, in dem er mit seinem Leben, oder was er als solches bezeichnete, gelandet war. Eine trostlose Stille lag über der steinigen Ebene, als wäre sie gepresst, zu Ballen gebunden und ringsum aufgestapelt worden: Nicht mal das Flüstern eines Windstoßes war zu hören, nur das dumpfe, uhrwerkartige Pochen der Hufe seines Mustangs. Das Einzige in dieser Ödnis, das sich bewegte, waren er und das Pferd.

Bis die Sterne begannen, sich zu bewegen und sich auf der schwarzen Leinwand des Himmels neu anzuordnen, als hätten sie eine Botschaft für ihn. Eine Warnung vielleicht. Doch es war alles bloß ein schwerfälliges Durcheinander, als würde einer Dominosteine mischen. Er wurde daraus nicht schlau und erkannte so ein kleines Stück seines Schicksals: dass ihm alles, was das Universum möglicherweise mitzuteilen hatte, für immer unverständlich bleiben würde. Aber, na ja, vielleicht konnte er ja doch irgendwie daraus schlau werden.

Während er nach oben starrte, stolperte er über einen alten, zahnlosen Indianer, der allein auf einem flachen Stein vor einem Häufchen glühender Holzkohlen saß. Wäre beinahe auf ihn getreten, einen Medizinmann, dem Aussehen nach zu urteilen, obwohl es ebenso gut eine alte Squaw mit eingefallenen Brüsten hätte sein können. Dieses uralte Wesen, das an einer langstieligen Pfeife zog und dabei ebenfalls den gestirnten Himmel betrachtete, begrüßte ihn nicht, schien aber auch nicht überrascht, dass er es auf diese Weise gefunden hatte.

Was meinst du?, fragte er. Was sagen die Sterne? Das Wesen wandte den Kopf und musterte ihn, der auf dem Mustang saß wie etwas, das aus dessen Rücken gewachsen war. Nach langem Schweigen antwortete es: Sie sagen, dass das Universum schweigt. Nur die Menschen sprechen. Obwohl es gar nichts zu sagen gibt. Dann drehte es sich wieder um und stocherte in der Glut, die anscheinend nur dazu diente, die Pfeife von Zeit zu Zeit aufs Neue zu entzünden. Wahrscheinlich wäre es besser gewesen, die Sache auf sich beruhen zu lassen und weiterzuziehen. Stattdessen tauschte er einen Streifen getrocknetes Büffelfleisch gegen ein paar Züge aus der Pfeife, und im nächsten Augenblick drehte sich alles um ihn (jetzt konnte er die Botschaft der Sterne erkennen: Das da oben sah aus wie ein kaleidoskopisches Durcheinander von schmutzigen Bildern), und der alte Indianer haute mit seinem Pferd und all seinen Sachen ab. Obwohl er doppelt sah, gelang es ihm, den davongaloppierenden diebischen Wilden mit einem einzigen Schuss in den Hinterkopf zur Strecke zu bringen, indem er beide Revolver gleichzeitig abfeuerte. Er war sich nicht sicher, ob die beiden Kugeln ein einziges Loch gemacht hatten oder ob er zwei Indianer erschossen hatte, doch er ging der Sache nicht lange auf den Grund, denn die astralen Vorgänge, deren Zeuge er war, kamen ihm reichlich unheimlich vor. Er pfiff seinen Mustang herbei, zog sich mit Mühe in den Sattel (es war, als wäre er in der Zwischenzeit geschrumpft: Er hatte das Gefühl, dass er einen Berg bestieg und dass ihm das Pferd irgendwie dabei half), schlang die Arme um den dicken Hals des Tieres und verließ mit gesenktem Kopf diesen wilden, steinigen Ort. Das war wohl der Zeitpunkt, an dem seine Sehnsucht nach der Zivilisation wieder einsetzte.

Von der er die Nase inzwischen wieder ziemlich voll hat. Die Wüste hat doch auch ihre Vorteile. Seine Ansicht von ihr beschränkt sich, da er bäuchlings über dem Rücken des alten, abgezehrten, schnupftabakbraunen Pferdes liegt, größtenteils auf den Boden, der unter den trottenden Hufen vorüberzieht, und ihm kommt der Gedanke, dass das Überleben in der Wüste wahrscheinlich davon abhängt, sich mit aller Kraft auf diese Einzelheiten zu konzentrieren und die Betrachtung des Horizonts, der einem glatt die Augen aus dem Kopf saugen kann, zu meiden. Der Horizont ist ein Anblick, den er im Moment nur selten erträgt, und wenn er sich bietet, dann nur auf dem Kopf stehend, unter dem Bauch des Pferdes hindurch, wenn sein Kopf einmal in diese Richtung schaukelt. Es ist eine beunruhigende Perspektive. Sie gibt ihm das Gefühl, keinen Halt mehr zu haben, und er muss sich an dem rauen, behaarten Körper des Pferdes festklammern, um nicht rücklings in den Himmel zu fallen. Darum schließt er oft die Augen, wenn dieser zu sehen ist, und in einem solchen Moment, als er vor Angst, aus der unfruchtbaren Wüste zu stürzen, die Augen fest zugekniffen hat, hört er in der Nähe den erstickten Schrei einer Frau.

Überrascht richtet er sich auf und fällt vom Pferd. Das tut ziemlich weh, vor allem in der Körpermitte, auch wenn der Schmerz sich mit den anderen Schmerzen verbindet, aus denen sein Körper im Augenblick zu bestehen scheint. Er liegt zusammengekrümmt auf dem steinigen Boden, voller Zweifel, ob es ihm je gelingen wird, sich wieder zu strecken, und lauscht dem Wimmern der Frau, das sich anhört wie das eines kleinen Tieres. Allerdings nicht lange: In dieser Gegend ist er bisher nicht gerade vielen Frauen begegnet, und die Tatsache, dass hier eine ist, erscheint ihm so ungewöhnlich, dass er sich aufrichtet und suchend umsieht. Es ist die Lehrerin aus der Stadt, die gefesselt und geknebelt ein paar Schritte von ihm entfernt – eine Entfernungsangabe aus einer Zeit, als er noch laufen konnte – auf der Erde liegt. Er kriecht auf dem Bauch zu ihr und windet sich dabei wie eine Schlange mit gebrochenem Rückgrat. Alles in Ordnung, Mam?

Sie starrt ihn wütend an und zerrt an ihren Fesseln. Hände und Füße sind auf dem Rücken zusammengebunden, und ein rötliches, schweißfleckiges Halstuch, ganz ähnlich dem, das er früher mal hatte, steckt in ihrem weit geöffneten Mund und ist am Hinterkopf fest verknotet. Unbeholfen vor Schmerz und Schüchternheit fummelt er an dem Knebel herum, doch sie schüttelt den Kopf, wirft sich herum, grunzt dringlich und blickt ängstlich zum Horizont, als sei keine Zeit zu verlieren. Er versucht, sie auf den Bauch zu drehen, doch sie scheint am Boden festgebunden zu sein, worauf er ihre Hüfte anhebt und feststellt, dass man sie an etwas gefesselt hat, das wie eine alte, unter Sand begrabene, rostige Eisenbahnschiene aussieht. Als er den Sand wegfegt, um besser an die Knoten zu kommen, berührt ihr geschmeidiger Körper unter dem schwarzen Kleid seine Hände und zuckt sogleich steif zurück. Entschuldigung, Mam, sagt er und fegt noch ein wenig mehr Sand weg. Seine Schmerzen lassen nach. Sie riecht an ihm, wirft einen Blick auf die rosafarbene Unterhose, wendet sich angeekelt ab und sieht aus, als müsste sie sich gleich übergeben. Er muss unter sie greifen, um an die Knoten der Fesseln an Händen und Füßen zu gelangen. Die Stricke sind zäh wie Wurzeln und tief vergraben, und erst nachdem er sich eine Weile damit abgemüht hat, wird ihm ganz bewusst, wo seine Hände eigentlich sind, denn er hat noch nie ernsthaft über den Hintern der Lehrerin nachgedacht und auch nicht über die Stelle dort unten, zwischen ihren Oberschenkeln, wo seine Hände mit den blutigen Knöcheln jetzt wühlen, auch wenn er eine Vorstellung von dem schwarzen Gespinst hat, in das sie möglicherweise eingepackt ist, eine Vorstellung aus früherer Zeit. Als er tiefer vorstößt, um an eines der Enden des Stricks zu kommen, biegt sie sich entsetzt hoch und stößt mit dem Bauch gegen seine Knie, dabei will er ihr gar nichts tun und hat auch nicht vor, die Situation auszunutzen, denn für ihn ist sie das unschuldigste und tugendhafteste Wesen auf Gottes Erde, und selbst ihr Hintern ist für ihn eigentlich kein Hintern, sondern der Sockel, auf dem sich, hoch aufgerichtet und wahrhaftig, ihre Tugend erhebt. Woher die Vorstellung von etwas hoch Aufgerichtetem rührt, ist angesichts des zerrissenen Zustands von Belles Schlüpfer nur allzu deutlich, und er kehrt der Lehrerin den Rücken, um ihr Auge nicht mit diesem elenden, unverhüllten Anblick zu beleidigen. Tut mir Leid, Mam, sagt er, zieht sein Bowiemesser und kniet sich über sie, aber diese Knoten sitzen einfach zu stramm – ich werd sie wohl durchschneiden müssen. Also schön still halten, nicht dass ich Sie pieke.

Sie starrt auf das Messer, ihre Augen weiten sich (obgleich er die ganze Nacht über diese Frage nachgedacht hat, kann er tatsächlich nicht sagen, welche Farbe sie haben, denn im Moment ist dort eigentlich nur die bohrende Schwärze der Pupillen), und sie erschlafft. Selbst ihr Hintern fühlt sich für seinen Handrücken jetzt, da er ihre gefesselten Hände und Füße packt, damit sie ganz still hält, mehr wie ein Hintern an, und ihre hochgebogene Hüfte, an der sein steifer Schwanz entlangstreift, als wollte er eine Furche hineinpflügen, ist trotz der schwarzen Stoffhüllen eine weibliche Hüfte, sanft gerundet und geschmeidig, wohlgefällig für Auge und Hand. Er schiebt die Klinge vorsichtig zwischen Handgelenke und Knöchel, dankbar, dass das so lange dauert, und durchtrennt mit einem kräftigen Aufwärtsruck den Strick. Die Enden schrumpfen und verschwinden im Sand, ebenso die Eisenbahnschienen, doch seine ganze Aufmerksamkeit gilt der Lehrerin, die zu schwach zu sein scheint, um sich zu erheben: so blass und verweint, ein lebloses Bündel von überaus makelloser und verletzlicher Zartheit. Schwankend kommt er hoch, wobei seine Männlichkeit im gleißenden Sonnenlicht munter hin und her wedelt – es gibt nicht viel, was er dagegen tun kann –, und hebt sie behutsam auf. Im selben Augenblick taucht vom Horizont her ein Zug auf und donnert an ihnen vorbei. Die gewaltige Druckwelle lässt ihn taumeln. Der Zug ist so schnell, wie er gekommen ist, wieder verschwunden. Er kann ihn noch hören, als führe er durch eine unsichtbare Kurve, und dann verklingt auch dieses Geräusch. Er setzt die Lehrerin ab und durchschneidet, den Blick noch immer auf den leeren Horizont gerichtet, das Halstuch, mit dem sie geknebelt ist. Das war knapper, wie ich gedacht hab, sagt er.

Als ich gedacht hab!, sagt sie scharf, spuckt die Reste des Knebels aus und gibt ihm eine Ohrfeige, einen richtigen Knaller, mit so viel Wucht, dass seine Zähne klappern. Dann setzt sie sich im Damensitz auf sein Pferd und lässt ihn ohne ein weiteres Wort allein in der leeren Wüste stehen. Er reibt seine Wange und sieht ihr nach, während sie sich schnell entfernt und am Horizont verschwindet. Er hat noch nie kapiert, wie Frauen sind.

Sein Gesicht brennt noch immer von der Ohrfeige der Lehrerin, als die Stadt wieder herangleitet und die Saloon-Sängerin sich aus einem Fenster im ersten Stock beugt und ruft: Was machst du hier noch, Fremder? Ich dachte, du wärst abgehauen. Die ganze Stadt sucht dich!

Schätze, ich komm einfach nicht los von hier, erwidert er trocken. Sie hat nicht gelogen: Er sieht sein Gesicht auf Steckbriefen, die überall angenagelt sind, obgleich das Bild, das am Querbalken vor dem Gefängnis, neben dem kaputten Wagen, hängt, eher wie die rückwärtige Ansicht seiner verzweifelten

Flucht aus dem Stall aussieht: FERDEDIEB!, steht da. BELONUNG! TOT ODER LEBEND! Abgesehen von der rotblonden Sängerin, die sich, eingerahmt von Spitzengardinen, aus dem Fenster beugt, ist in der staubigen Stadt kein Lebenszeichen auszumachen. Es regt sich nicht einmal ein heißer Wind, der die Stricke am Galgen oder die Saloonschilder schaukeln ließe. Still und leer liegt die Straße da, und dennoch erscheint im schattenlosen Licht der Mittagssonne alles so überscharf konturiert, so angespannt, als lägen in jedem Gebäude ein paar Stangen Dynamit. Er ist nicht in der Verfassung, sich mit irgendjemandem zu schießen, doch seine Hände liegen angespannt auf dem Revolvergurt – eine alte Revolverhelden-Gewohnheit, die einzige Gewohnheit, die er sich gestattet. Wo sind die alle?, fragt er.

Weiß nicht. Reiten wahrscheinlich da draußen rum und suchen nach dir, du böser Mann. Scheint ja eine tolle Junggesellenparty gewesen zu sein. Ich muss sagen, du siehst richtig verführerisch aus, wie du da auf der Straße stehst, mit deiner Kanone im Anschlag, als ob du uns alle flachmachen willst. Vielleicht sollte ich lieber runterkommen und meine nasse Muschi drüberhängen, bevor dein Ding noch ganz austrocknet.

Tja, ich hab mich schon gefragt, ob meine Hose vielleicht noch bei dir rumliegt.

Ich glaub, ich hab sie hier irgendwo gesehen. Rühr dich nicht vom Fleck, Schätzchen. Ich such sie und bring sie dir runter.

Zwischen den vielen Porträts seiner selbst stehen zu bleiben und sich nicht vom Fleck zu rühren, erscheint ihm nicht sehr sinnvoll, denn er hält es nicht für ausgeschlossen, dass Belle es auf die Belohnung abgesehen hat oder weitere Heiratspläne schmiedet, aber in einer weiträumig angelegten, aus Brettern und ein bisschen Blech zusammengenagelten Stadt wie dieser ist es nicht so leicht, unbemerkt ein Versteck zu finden. Er entscheidet sich schließlich für das Gefängnis, wo er sich am besten verteidigen kann, bis alles geklärt ist. Also schleppt er sich dorthin und zieht dabei sein verletztes Bein hinter sich her wie einen beladenen Indianerschlitten. Drinnen warten schon alle auf ihn. Sie treten ihm die Beine weg, nehmen ihm die Waffen ab und machen sich mit Fäusten und Stiefeln, Gewehrkolben und Holzbeinen über ihn her.

Wir würden dich am liebsten gleich baumeln lassen, du verdammtes Verbrecherschwein, aber weil du mal Sheriff warst, kriegst du 'ne faire Verhandlung, bevor wir dich hängen.

Wirklich wahnsinnig nett von euch, Leute, stöhnt er, wälzt sich auf die Seite und umklammert seinen Schmerz, und sie treten ihn noch ein bisschen. Er hat das Gefühl, als atmete er direkt durch ein schmerzendes kaltes Loch in der Brust, und erst jetzt fällt ihm auf, dass er keinen Sheriffstern mehr trägt. Muss ihn wohl im Stall verloren haben. Oder vielleicht schon vorher. Er kann sich nicht erinnern, wann er ihn das letzte Mal gesehen hat.

Sie schleifen ihn an den Füßen zu einer Zelle und schieben ihn hinein, doch es ist schon jemand drin. Sieht so aus, als wäre er seit drei oder vier Wochen tot. Als er sie auf diesen Umstand hinweist, tritt ein buckliger Alter mit Brille vor, der einst vielleicht sein Hilfssheriff oder einer seiner Hilfssheriffs war, stößt den Leichnam mit dem Stiefel an und sagt: Den muss irgend 'n anderer Sheriff eingebuchtet haben. Hat wohl vergessen, ihn zu füttern. Sie heben den Toten auf und werfen ihn auf die Straße, und dann schließen sie ihn ein und hängen den Schlüssel an die gegenüberliegende Wand, die im Übrigen mit Fotografien von Toten tapeziert ist: von hohläugigen Kleinkindern über durchlöcherte Banditen bis hin zu aufgestapelten Opfern von Massakern.

Der amtierende Hilfssheriff, ein großer, hässlicher Mann mit unregelmäßig im Mund verstreuten Goldzähnen und langem, fettigem Haar, dessen Strähnen aussehen wie verfilzte Drahtseile, setzt sich mit Pfeife, Flasche und Kartenspiel in einen quietschenden Drehstuhl, während die anderen hinaus in die Finsternis poltern, den Saloon ansteuern und über die Aufteilung der Belohnung streiten. Was er jetzt, zusammengekrümmt auf dem Zellenboden, wirklich bereut, ist, dass er nicht auf den Zug gesprungen ist. Er hat einfach nicht nachgedacht. Oder jedenfalls nicht darüber. Was eine Frau doch alles mit einem anstellen kann. Nicht dass es einen großen Unterschied gemacht hätte. Einmal, erinnert er sich, hat man ihn nach einer nächtlichen Saloonschlägerei eingesperrt. Die Zelle war bereits besetzt, und zwar mit einem berühmten Zugräuber, der bei Sonnenaufgang gehängt werden sollte. In dem Kaff, wo ich herkomm, sagte der Zugräuber, wurden immer scheißviele Geschichten erzählt. Aus denen konnte man sich überhaupt nicht mehr raushalten. Ich hatte Angst, ich muss den ganzen verdammten Rest meines Lebens in Lügenmärchen verbringen, die sich andere Leute ausgedacht haben. Hauptsächlich tote Leute. Also bin ich hierher gekommen. Um meinen eigenen Tod zu erzählen, könnte man sagen. Tja, sieht so aus, als hättest du das geschafft, sagte er, denn damals war er jung und ungestüm und bewunderte den anderen. Doch der starrte ihn an wie einen Dorftrottel und sagte: Von wegen.

Er liegt noch immer auf dem Boden und gewöhnt sich langsam daran, als die Sängerin mit einem Tontopf voll gebackener Bohnen auftaucht. Na, wenn einem das nicht zu Herzen geht!, sagt sie, als sie die Zellentür öffnet. Die Sachen, die er da anhat, sind ja unmöglich. Zieh sie ihm aus, Hilfssheriff – ich wasch sie, damit er 'n bisschen hübscher aussieht, wenn wir ihn hängen.

Die dreckige Unterhose rühr ich nicht an, Belle.

Brauchst du ja auch nicht. Gib mir einfach seinen Hut, die Stiefel und das Wildlederhemd.

Der Hilfssheriff kratzt sich nachdenklich in den Achselhöhlen und brüllt ihn dann an: Zieh die Klamotten aus, du Schleimscheißer, bevor ich dir den Arsch wegpuste!

Leck mich!, murmelt er, und der Hilfssheriff feuert einen Schuss ab, der ihm das Ohr verbrennt. Wahrscheinlich hat er ein Loch hineingeschossen.

Immer sachte, Hilfssheriff, sonst ist er nicht mehr frisch beim Hängen. Schließ auf, dann zieh ich ihm die Sachen selber aus.

Du hast hier doch nicht etwa 'n krummes Ding vor, oder Belle?

Das Einzige, was ich hier vorhätte, wär was mit seinem geraden Ding, Hilfssheriff. Der hinterhältige Scheißkerl hat mich am Altar stehen lassen – du warst dabei, du hast es selber gesehen. Ich kann's gar nicht erwarten, diesen verkommenen Heiratsschwindler baumeln zu sehen. Jetzt mach auf und lass mich rein.

Hmpf. Na gut, sagt er. Er hört das Kratzen des Schlüssels im Schloss. Aber ich halte meine Kanone bereit.

Mach bloß nicht noch mehr Löcher – hier gibt's ja nicht mal genug fähige Männer, um *meine* Löcher zu stopfen. Sie stellt den Topf mit den Bohnen auf den Boden und kniet neben ihm nieder, wobei sie einen Augenblick lang nacktes Fleisch sehen lässt. Ich hab dir was zum Essen mitgebracht, Schätzchen, sagt sie anzüglich, und das Ding zwischen ihren Beinen scheint ihm einen feuchten Kuss zuzuwerfen. Er wendet den Kopf ab. Ja, das Ohr hat eindeutig was abgekriegt. Die Sängerin kniet über ihm, zieht seine Stiefel aus und rutscht auf seinen Beinen herum. Dann schnallt sie den Revolvergurt auf und streift ihm das Hemd über den Kopf. Du steckst ganz schön in der Scheiße, Süßer, flüstert sie schwer atmend. Du hast mehr Ärger als ein Pferd mit gestutztem Schwanz, das mitten in der Fliegenzeit kurz angebunden ist.

Freut mich zu hören. Ich habe schon befürchtet, es wär alles in Ordnung.

Was redest du da mit dem Kerl, Belle?

Ich hab ihm gesagt, dass er 'n Schweinehund ist, weil er das Pferd gestohlen hat, und dass er bald ziemlich hoch hängen wird. So, und jetzt iss die Bohnen, so lange du noch kannst, und warte hier, bis ich mit dem Zeug wieder da bin.

Ich hab nichts anderes vor.

Da kannst du einen drauf lassen, sagt der Hilfssheriff und sieht wieder auf. Die Sängerin hat, wie er bemerkt, die freie Hand in der Hose des Hilfssheriffs.

Du bist unten genauso hässlich wie oben, sagt sie.

Weiß ich. Hast du Lust auf 'ne kleine Partie Billard, Belle?

Wann hab ich die nicht?, stöhnt sie und wühlt mit der Nase in den Spinnenbeinsträhnen, um an einem dicken Klumpen Narbengewebe zu knabbern, das früher vermutlich mal ein Ohr war. Kreide schon mal deinen Stock, Hilfssheriff, und sieh zu, dass er schön gerade ist, wenn ich mit den Klamotten zurückkomm.

Sie geht hinaus und scheint gleich wieder hereinzukommen, doch er weiß, dass es nicht so ist, denn inzwischen hat er in dem Bohnentopf die Säge gefunden und, als sein Wärter ihm den Rücken gekehrt hat, um an der Flasche zu nuckeln und Patience zu spielen, die Gitterstäbe am Fenster entfernt. Es waren wie er feststellte, bloß alte, schwarz angemalte Zaunlatten – er hätte sie mit einem Faustschlag zerbrechen können.

Er versteckt die Säge wieder im Bohnentopf, als sich der Hilfssheriff, vom Whiskey benebelt, erhebt und schwankend zur Zellentür geht, um aufzuschließen. Du riechst ja süßer als 'n Eimer Honig, Belle.

Du darfst gleich mal lecken, Hilfssheriff. Ich will dem Scheißkerl bloß erst die Klamotten anziehen. Kann's nicht ertragen, dass er so nackt rumläuft. Das ist einfach nicht zivilisiert.

Seine Wildledersachen sind schwarz. Die waren zu dreckig zum Waschen, erklärt sie, da hab ich sie eben gefärbt. Außerdem hat sie ihm einen breitkrempigen Hut, Handschuhe, ein Halstuch und Stiefel mitgebracht, allesamt ebenfalls schwarz. Sogar die Unterwäsche ist schwarz. Sie zieht ihm die zerrissene, rosafarbene Unterhose aus und wirft sie durch die Zellentür hinaus. Kannst ja so lange an der hier schnuppern, Hilfssheriff! Der Mann, der so betrunken ist, dass er schielt, fängt die Hose auf, starrt sie mit glasigen Augen an, wird unvermittelt grün und stürzt hinaus, um sich zu übergeben. Unterdessen zieht ihm die Sängerin die lange Unterhose an, überzeugt sich mit besonderer Zärtlichkeit davon, dass seine ramponierten Eier es schön gemütlich haben, und flüstert: Vor dem Fenster warten ein Pferd und Waffen auf dich, Schätzchen. Jetzt zieh dir den Rest von dieser Montur an und sieh zu, dass du hier verschwindest, während der Hilfssheriff und ich unser Nachtgebet sprechen. Wir sehen uns dann später.

Aber wo –?

Keine Sorge, mein Hübscher, grinst sie. Ich finde dich. Du gehst schon nicht verloren.

Eine Menge Dinge ereignen sich, und dann ist er wieder mutterseelenallein in der Wüste, hingestreckt unter dem schwarzen Baldachin des Himmels. Er ist hungrig und ausgedörrt und hat zu große Schmerzen, um aufzustehen und weiterzugehen – doch wenn er es nicht tut, ist er ein toter Mann. In dieser Gegend nichts Besonderes. Was ihm wirklich Sorgen macht, ist, dass er Hut und Stiefel verloren hat, als er auf der schwarzen Stute in wildem Galopp aus der Stadt geflohen ist. Nachdem es seine Rettung aus der Gefahr war, hat ihn das Tier hier abgeworfen und verlassen, und da liegt er nun, lang ausgestreckt, hilflos und abermals rettungsbedürftig, auf dem, was ein alter Trapper, der aus den Bergen heruntergekommen war, einmal als die getrocknete Haut des Unerfindlichen bezeichnete – eine Formulierung, von der er damals annahm, sie sei eine sonntäglich gesittete Umschreibung für das Unerfickliche.

Eines der Dinge, die geschehen sind, war, dass er, während Belle den Hilfssheriff hinter dem Schreibtisch bediente (wir wollen unseren wilden Desperado doch nicht zu sehr aufregen, oder?, sagte sie, zwinkerte ihm zu und schob den hässlichen Kerl außer Sicht), seine Stiefel nahm und durch das Zellenfenster kroch, das hier, auf der Rückseite des Gebäudes, ein Stockwerk höher lag als vorn; er sah, dass das Pferd, über dessen Kruppe sein Revolvergurt lag, unten auf ihn wartete, und so ließ er einfach los und fiel in den Sattel wie ein Ball in einen Lederhandschuh. Es tat nicht so weh, wie er befürchtet hatte, aber wahrscheinlich hatte die Behandlung, der er in letzter Zeit ausgesetzt gewesen war, neue Maßstäbe gesetzt. Die schöne, pechschwarze Vollblutstute hatte ihn zwar aufgefangen, schien aber nicht willens, ihn irgendwohin zu bringen, und ignorierte seine verzweifelten Versuche, sie anzutreiben. Er redete ihr gut zu, drückte die Knie in ihre Seiten, schnalzte mit der Zunge in ihr Ohr, ließ die Zügel klatschen, befahl ihr in harschem Flüsterton, sich verdammt nochmal in Bewegung zu setzen, schlug ihr auf den Hintern und beschimpfte sie als schwarze Ausgeburt der Hölle, doch sie wandte nur den Kopf und sah ihn wehmütig oder vielleicht auch tadelnd und enttäuscht an.

Drüben im Saloon war ein Streit ausgebrochen, und zwar,

so weit er erkennen konnte, um die ausgesetzte Belohnung, oder vielleicht hatten sie auch darum gespielt und jemand war betrogen worden – jedenfalls dehnte sich die Sache schließlich auf die Straße aus. Es gab Schlägereien und Schüsse, Flaschen und Stühle flogen durch die Luft, Fensterscheiben und Spiegel gingen zu Bruch, und in das alles mischt sich eine zunehmende Erregung und lauter werdende Rufe nach einem Lynchgericht: Da ist nur der verdammte Ex-Sheriff, dieser Pferdedieb, dran schuld! Los, wir holen uns den Wichser und hängen ihn auf! Ja! Er hat die Stadt kaputtgemacht! Na los, Leute, holen wir uns das Schwein! Doch selbst als der Lärm bedrohlich näher kam, blieb die Stute reglos stehen und sah ihn melancholisch über die Schulter an, und er begann sich zu fragen, ob die Sängerin wegen ihrer geplatzten Hochzeit vielleicht erbitterter war, als sie sich anmerken ließ, und ihn in etwas hineinmanövriert hatte, das noch schlimmer war als eine legale Hinrichtung. Jetzt mach schon, Scheißvieh!, rief er, doch die störrische Stute rührte sich nicht von der Stelle. Er hätte ihr am liebsten mit irgendwas den Schädel eingeschlagen, aber sie war seine einzige Hoffnung, und so biss er die Zähne zusammen, beugte sich vor, streichelte ihren glatten schwarzen Hals und bat sie eindringlich, ihn aus diesem Höllenloch zu bringen, bevor es zu spät war: Er flüsterte in ihr aufgerichtetes Ohr, sie beide stünden jetzt ganz allein gegen alle anderen, sein Schicksal liege in ihren Händen oder vielmehr Hufen, und wenn sie bleiben und sich wie ein Schaf abschlachten lassen wolle, so habe er nichts dagegen, denn für ihn sei es immer noch besser, hier auf der Straße erschossen zu werden, als an einem Strick zu baumeln wie eine Wurst, doch sie solle dieses beschissene Ende nicht ebenfalls erleiden – sie beide bräuchten es nicht zu erleiden, denn noch sei genug Zeit, sie müssten nur entschlossen handeln, und zwar schnell;

und während er auf sie einsprach, begann sie zu scharren und zu schnauben und den Kopf aufzuwerfen, und er sagte ihr, sie sei das schönste Pferd, das er je gesehen habe, und es wäre ihm egal, wenn sie das hässlichste Geschöpf auf Gottes Erde wäre, denn auch dann würde er sie lieben, wenn sie sich nur endlich in Bewegung setzen und ihren süßen Arsch hier wegschaffen würde, und im nächsten Augenblick waren sie meilenweit von der Stadt entfernt und rasten so schnell durch die Wüstennacht, dass er sich nur mit knapper Not festklammern konnte. Der Wind weitete seine Augen und blähte seine Wangen, sodass er die Zähne zu fletschen schien, er pfiff in dem neuen Loch in seinem Ohr und ließ seine Kleider flattern. Dann blieb die Stute so unvermittelt stehen wie sie losgaloppiert war, und er flog im Salto über ihren Kopf hinweg und landete dort, wo er noch immer liegt: flach auf dem Rücken, über sich die gleichgültigen Sterne, ohne Hut, ohne Stiefel, ohne Waffen und unfähig, sich auch nur vorzustellen, er könnte sich je wieder erheben. Die unberechenbare schwarze Stute ist längst im Dunkel der Nacht verschwunden, als wäre ihre Arbeit, nachdem sie ihn hierher gebracht und abgeworfen hat, nunmehr getan.

Es ist nicht das erste Mal, dass ein Pferd ihn abgeworfen hat. Pferde zureiten ist ein Teil von dem, was er ist, was er tut. Beziehungsweise was er war, was er getan hat – so weit er sich erinnern kann, und seine Erinnerung daran sitzt hauptsächlich in seiner unteren Rückenpartie und ist gerade gut durchgeschüttelt worden. Aber das ist eine Weile her. Der Mustang, auf dem er hierher geritten ist, war wahrscheinlich das letzte Pferd, das er zugeritten hat. Wenn er es je wirklich zugeritten hat. War nicht leicht. Es hatte ein wildes, freies Leben geführt und hielt nichts davon, geritten zu werden. Was er, der ebenfalls nicht geritten werden wollte, respektieren konnte, allerdings nur bis zu dem Punkt, wo es anfing, wehzutun. Das Pferd stand so still, als wäre es aus Stein, und dann mit einem Mal sprang es herum wie eine losgelassene Uhrfeder und schleuderte seinen Reiter in alle möglichen Richtungen, wobei nicht zwei seiner Füße gleichzeitig den Boden berührten. Es wirbelte, stieg, sprang und bockte; es war, als ritte man auf dem Ende einer Peitsche, als versuchte man, sich bei einem Erdbeben an einer Felswand festzuhalten. Und zwar mit den Arschbacken. Er landete in Schlammlöchern, Kaktusdickichten, Mistwagen und Scheiterhaufen und einmal sogar in einem Baum. Und er wurde wütend. Verdammt, entweder er oder der Gaul. Er ließ sich an Sattel und Steigbügeln festbinden und wollte es den ganzen Tag und die ganze Nacht reiten, so lange wie nötig jedenfalls. Wie lange das war, weiß er nicht mehr, doch es erschien ihm so lang wie ein Leben, wie ein zermürbender Albtraum, der nie endete. Eines Tages kam er in einem Brombeergestrüpp auf dem Grunde eines Grabens wieder zu sich, noch immer an den Sattel mit dem zerrissenen Gurt gebunden, während das Pferd auf dem Hang über ihm stand und friedlich graste.

Das Pferd hatte es ihm gezeigt, aber danach kamen sie ganz gut miteinander aus. Keiner von beiden kehrte dorthin zurück, woher er gekommen war, und er hätte den Weg zurück auch gar nicht gefunden, selbst wenn er es gewollt hätte. Stattdessen waren sie einfach in Bewegung geblieben, zwei unstete Herumtreiber, die dem Wind folgten, bis diese Unstetigkeit sie eines Tages hierher führte. In die Wüste. Wo jetzt irgendwo ein Kojote kläfft und ein einsamer Wolf heult. Ein nicht sehr zarter Wink: Er ist Fleisch. Und der trockene Bauch der Wüste, auf dem er liegt, ist leer und erfüllt von einem rastlosen, unstillbaren Hunger. Gerade spürt er, hört er, wie es in diesem Bauch unter ihm leise knurrt: *ein Tier, das sich anschleicht.* Er hat keine Waffen mehr, nicht mal sein Bowie-Messer, aber was immer es ist, er wird seine Haut teuer verkaufen. Er liegt totenstill da und versucht zu schätzen, wie weit es noch entfernt ist, er zieht in der Hoffnung auf einen Hinweis prüfend die Luft ein, starrt in den Nachthimmel und wünscht, er wäre ein Spiegel. Heute Nacht bewegt sich dort oben nichts, die Sterne sind allesamt an ihren Platz genagelt, doch sie flackern, als hätten sie sich gelockert und könnten jeden Augenblick herunterfallen. Er konzentriert sich auf sie, als stünde es in seiner Macht, einen davon mit einem bloßen Blick herabstürzen zu lassen. Und dann, zu seiner Verblüffung (er schreit erschrocken auf), gelingt es ihm tatsächlich, oder jedenfalls scheint es so, als wäre ein Stern herabgestürzt, aber er verfehlt das wilde Tier und trifft stattdessen ihn. Nur: Es ist kein Stern. Nein. Er hat einen Stiefel ins Gesicht gekriegt, seinen eigenen Stiefel. Über ihm steht die schwarze Stute. Sie ist zurückgekehrt. Ihr Fell ist schweißnass, und am Maul hat sie Schaum. Sie lässt den anderen Stiefel fallen, seinen Hut, den Revolvergurt, das Messer samt Scheide.

Er liegt da und starrt das riesige Pferd an, dessen schwarzer Körper die Sterne auslöscht, während die Augen leuchten wie Monde, und fühlt sich mit einem Mal mehr mit der Erde verbunden als je zuvor. Es ist, als hätte die Stute, die er völlig falsch eingeschätzt hat, ihm, ohne ihm irgendetwas zu erklären (er ist so unwissend wie zuvor), nicht nur einen Grund, sondern auch den Wunsch zu leben gegeben, und er weiß jetzt, dass sie diese Nacht überstehen werden. Sie beugt den Kopf herunter, reibt ihre breiten Nüstern an seiner Nase und zupft an seiner Brust, als wollte sie ihn ermuntern. Ja, er weiß, dass sie weiter müssen, man ist ihr wahrscheinlich gefolgt. Aber die Harmonie des Universums, wie es sich ihm im Augenblick darbietet, ist so überwältigend, dass er sie noch ein wenig genießen will. Er sieht auf zu dem Pferd und zum Himmel und spürt, dass er die Wahrheit selbst sieht, ihren Kern, ihr Wesen. Unerfindlich natürlich, wie der stinkende alte Kerl, entsetzt über das, was ihm offenbart worden war, gesagt hatte, doch das Herz, sein ungeübtestes Organ, ist angerührt. Dankbar streckt er die Hand aus, um den Hals der Stute zu streicheln, doch sie zuckt zurück. Was? Blut! Sie ist verwundet! Sie haben auf sie geschossen, diese feigen Schweinsköpfe! Die Wut, die in ihm aufsteigt, erfüllt einen Zweck: Sie lässt ihn hochfahren und den Revolvergurt und die anderen Sachen, die sie ihm mitgebracht hat, anlegen. Er ist bereit, es mit allen aufzunehmen! Sie sieht ihm geduldig zu und beschnuppert den Boden, als wollte sie grasen, obwohl es hier nichts zu fressen gibt. Die Stiefel sind das Schwerste. Es bereitet ihm Mühe, sich zu beugen, und er hat keine Kraft mehr. Sie stellt einen Huf vor seinen Fuß, damit er sich dagegen stemmen kann. Nachdem er die Stiefel angezogen hat, versucht er aufzustehen, wobei er sich an ihrer Schulter abstützt. Er schafft es, sich hinzuknien, aber weiter geht es anscheinend nicht. Wenn er einen Fuß auf den Boden stellt, gibt das andere Bein nach. Doch sie löst auch dieses Problem, indem sie ihn mit den Zähnen am Hosenboden packt und ihn auf ihren Rücken hebt, auf den er sich unbeholfen und mit baumelnden Beinen fallen lässt. So viel zu der Frage, mit wie vielen er es aufnehmen kann. Sie wiehert leise. Er umklammert ihren Hals, und dann galoppieren sie fort von hier.

Er ist kein großer Träumer. Wenn er wach ist, ist er wach, und wenn er schläft, schläft er. Doch in dieser Nacht in der Wüste, zusammengesunken auf dem Rücken der galoppierenden schwarzen Stute, träumt er, dass er mit einer wunderschönen Frau in Schwarz, doppelt so groß wie er, in einer Postkutsche sitzt. Sie fahren durch eine gefährliche Gegend voller Indianer und Banditen, und sie erzählt ihm eine Geschichte von einem mutigen, findigen, abenteuerlustigen jungen Mann, der eine gefahrvolle Reise durch eine gespenstische Ödnis unternimmt. Er war ehrlich und stark, ausgestattet mit schwellenden Muskeln und den Instinkten eines Tieres, sagt sie, mit breiten, gusseisernen Schultern und Gliedern, so hart wie Stahl. Er versucht sich diesen jungen Mann vorzustellen, während sie den Kopf wendet, sodass er den Schönheitsfleck auf ihrer Wange sehen kann, und sehnsüchtig aus dem Fenster der Kutsche sieht, als wäre dieser wunderschöne junge Mann dort draußen. Die Kutsche wird angegriffen, doch irgendwie sind sie beide nur Zuschauer. Er hatte goldblondes, lockiges Haar und eine starke, männliche Stirn, fährt sie leise fort und wendet sich ihm wieder zu, und funkelnde blaue Augen, die in Zeiten der Muße sanft und gefühlvoll, in der Erregung jedoch fest und entschlossen blickten. Seine scharf geschnittene Nase war pfeilgerade und sah aus, als wäre sie aus feinstem parischem Marmor gemeißelt, und er hatte ein kantiges Kinn mit einem Grübchen und regelmäßige weiße Zähne, die, wenn er lächelte, wie glänzende Perlen schimmerten. Sie lächelt ein wenig, als wollte sie ihm eine Vorstellung von diesem perligen Glänzen geben, doch in Wirklichkeit ist ihr Mund voller Schatten. Er nutzte seine überlegene Kraft nicht aus und setzte sie nur ein, wenn er eindeutig herausgefordert worden war, und auch dann nur in fairem Kampf. Und Frauen gegenüber war er immer ritterlich. Sie sind jetzt ganz und gar von Indianern oder Banditen oder beiden umzingelt, und die Fahrt in der schwankenden Kutsche wird ungemütlicher: Die hölzernen Räder prallen gegen Steine und Unebenheiten, springen hoch und kommen mit einem ächzenden Krachen wieder auf, die Ledergurte der Aufhängung quietschen, der Holzaufbau wird von Kugeln durchlöchert und mit Pfeilen gespickt. Er glaubte, er sei frei und unabhängig und Herr über sein Leben, sagt sie, und Kummer legt sich wie ein Schatten über ihr Gesicht, aber in Wirklichkeit war er natürlich nur ein Werkzeug des Schicksals. Und außerdem, seufzt sie, ist er tot. Tot?, fragt er. Er möchte sich am liebsten auf ihren Schoß setzen und an sie schmiegen, aber dort liegen ihre gefalteten Hände. Der Kutscher da oben, sagt sie. Haben Sie nicht aufgepasst? Er ist tot. Und die Pferde gehen durch.

Darum also fährt die Kutsche so schnell und schwankt gefährlich hin und her. Er weiß, dass es jetzt an ihm ist, Mut und Findigkeit zu beweisen; das mag sogar der Grund sein, warum sie sich auf diese strapaziöse Reise begeben haben. Er kriecht vom Sitz und öffnet die Tür. Sie wird vom heftigen Fahrtwind abgerissen und fegt mehrere Angreifer von ihren Pferden, wie ein geworfenes Holzstück galoppierende Spielzeug-Kavalleristen umwerfen würde. Es ist nicht leicht, den Kutschbock zu erreichen; er muss Zentimeter für Zentimeter an der Seite der dahinrasenden Kutsche entlangklettern und sich an Fensterrahmen und Verzierungen, an Relingen und Messingbeschlägen festklammern und verliert mehrmals beinahe den Halt. An dieser schwankenden Kutsche zu hängen ist fast so, als würde er ein wildes Pferd reiten, und ihm wird bewusst, dass er vielleicht der einzige Mensch auf der Welt ist, der dieser Aufgabe gewachsen ist. Unterdessen wird die Kutsche von Kugeln und Pfeilen getroffen, die ihn nur knapp verfehlen oder vielleicht auch nicht verfehlen – er weiß es nicht genau, und es ist ihm auch egal; er rechnet nicht damit, diese Sache lebendig zu überstehen, er will nur das Nächste tun, was zu tun ist.

Der Kutschbock über dem Passagierraum ist leer und doch nicht leer: Ein Mann mit glühenden Augen und buschigen grauen Koteletten ragt hoch über ihm auf. Er schreit die dahindonnernden Pferde an – *Hü! Hü!* –, lässt eine lange schwarze Peitsche knallen und treibt sie zu noch schnellerer Gangart an. Der Kutscher scheint zu wissen, dass er da ist, dass er sich an der Kutsche entlanghangelt, doch er tut, als sähe er ihn nicht. Das kann nicht der echte Kutscher sein. Die Indianer oder Banditen müssen den echten Kutscher erschossen haben. Den er geliebt hat oder geliebt hätte (wenn er ihn gekannt hätte). *Hü!*, schreit der Kutscher mit dem wilden Blick und knallt mit der Peitsche. Obgleich er erst auf Höhe seiner Knie ist, gelingt es ihm irgendwie, dem Mann die Peitsche zu entwinden. Der Kutscher weicht entsetzt zurück, als er sie über den Kopf hebt – er scheint ein, zwei Meter vor dem Mann zu stehen, wie auf einer Plattform über den ersten Pferden –, und dann schwingt er sie und trennt ihm mit einem einzigen Hieb den Kopf ab: Der Kopf fliegt davon, prallt mit einem Ausdruck blinder Verwunderung auf dem Kutschendach auf und ist verschwunden. Er dreht sich um und will die Zügel nehmen, doch es gibt keine Zügel, und die Pferde ziehen die schwankende Kutsche in gestrecktem Galopp auf einen gähnenden Abgrund zu. Neben ihm auf dem Kutschbock wiegt sich der kopflose Körper des Kutschers steif hin und her und wirft sich gegen seine Schulter, als wollte er ihn hinunterstoßen und sich für die Enthauptung rächen. Er würde ja abspringen, aber die Dame in Schwarz ist noch dort drin, und darum muss er die Kutsche anhalten, bevor sie den Abgrund erreicht hat. Die einzige Möglichkeit, die er kennt, ist, nach vorn zu kriechen, zu den Leitpferden, und sie zum Stehen zu bringen. Ohne Zögern wirft er sich auf das erste Pferdepaar, verfehlt jedoch sein Ziel und fällt zwischen sie, in das Geschirr, das sie miteinander verbindet und bei dessen Anblick er aus irgendeinem Grund an Strumpfhalter denkt. Er will sich wieder aufrichten und nach vorn klettern, doch er hat sich in die Riemen verstrickt, und der Rhythmus der galoppierenden Hufe wiegt ihn in Schlaf. Während er einnickt, legt sich die Frau in Schwarz zu ihm in das Geschirr. Es ist alles gut, sagt sie und streichelt seine Stirn (mit der Nase?). Es ist nicht deine Schuld. Sie streckt sich neben ihm aus und schwingt zwischen den donnernden Hufen hin und her, und er, der endlich Frieden gefunden hat (der Abgrund? Ach, das ist nichts, denk nicht mehr dran), schmiegt sich an sie, fühlt sich geborgen und schlummert ein.

Als er erwacht, weiß er zunächst nicht genau, aus was er erwacht oder wem der warme Körper gehört, an den er sich schmiegt. Er lässt die Augen noch einen Moment geschlossen, um sich etwas von der tröstlichen Aura seines Traumes zu bewahren, bevor die harte Realität ihn wieder einholt, jenes Gefühl zu wissen, wer er ist und warum er hier ist, aber diese Aura hat sich bereits verflüchtigt, und er kann sich nur noch daran erinnern, dass er ganz dicht an etwas (einer Frau vielleicht?) war und wie ihn der grauhaarige alte Trapper angesehen hat, als er ihm sagte, er sei der einzige Mensch auf der Welt, der dieser Aufgabe gewachsen sei. Er ist nicht mal sicher, dass er in dem Traum er selbst war – es ist, als wäre er ein anderer gewesen, jemand, der ihn irgendwohin brachte, wo er gar nicht sein wollte. Was ja nun wirklich keinen Sinn ergibt. Sich an Träume zu klammern, ist so, als würde man versuchen, einen Geruch zu essen. Im Traum ist alles so lebensecht und real und bedeutungsvoll, doch danach bleiben einem nur diese unscharfen, gespenstischen Bilder, die durch die Wachgedanken geistern.

Sieh mal an. Morgen, mein Süßer. Er öffnet die Augen einen Spaltbreit. Die Saloon-Sängerin steht in der Tür. Irgendeiner Tür. Gut geschlafen, ihr beiden Hübschen?

Er liegt, zugedeckt mit Lumpen, auf einer stinkenden alten, mit Stroh gefüllten Matratze, aber das ist immer noch bequemer als der Wüstenboden oder der schaukelnde Sattel, den er gewöhnt ist, und er hat gut geschlafen. Und lange: Es muss Mittag sein. Seine Bettgefährtin ist die schwarze Stute, die auf der Seite liegt und ihm den Rücken zukehrt. Er dreht sich um, setzt sich auf und versucht noch immer, sich an den Traum zu erinnern, aber das meiste ist verschwunden. Wie er hierher gekommen ist, weiß er ebenfalls nicht mehr. *Hier* ist eine windschiefe Holzhütte, übel zerschossen – das halbe Dach ist weg. Jemand hat ihm Stiefel, Hemd und Hose ausgezogen; er trägt nur noch die schwarze Unterwäsche und sein Halstuch.

Ich hab von meinem Vater geträumt, sagt er mit einem herzhaften Gähnen, und hinter ihm wälzt sich die Stute schwerfällig aus dem Bett und stapft hinaus, um ihren Morgenschiss zu erledigen.

Was du nicht sagst. Netter Bursche?

Weiß ich nicht. Hab ihn nicht gekannt.

Die Sängerin steht im Licht der Mittagssonne, das durch das Loch im Dach fällt, und trägt heute ein schickes schwarzes Kostüm: Bluse, kurzer, knielanger Rock mit Perlen und Fransen, Stiefel, Revolvergurt hoch auf der Hüfte, flacher schwarzer Hut mit steifer Krempe, von der kleine rote Troddeln hängen, passend zu dem Rubin auf ihrer Wange. Im Traum, hab ich gemeint, sagt sie.

Kann mich nicht erinnern. Ich glaub, er wollte mich umlegen.

Dann war's bestimmt dein Alter. Los, Cowboy, steig in die Stiefel. Wir wollen doch nicht, dass der Sheriff dich hier schnappt.

Weiß gar nicht, wie ich's geschafft hab, die auszuziehen. Wo gehen wir hin?

Sie legt eine schwarze Augenmaske an und reicht ihm ebenfalls eine. Du bist jetzt ein berühmter Verbrecher, Schätzchen. Also werden wir uns ein paar Diebe, Revolvermänner und Messerkünstler suchen und ein bisschen rauben und morden.

Er und seine Bande von Gesetzlosen, allesamt harte Burschen mit schwarzen Hüten, warten auf den Zug, den sie in der Nacht überfallen wollen, und hocken um ein Lagerfeuer auf den Schienen, die sie ausfindig gemacht haben, während die rotblonde Sängerin, nunmehr eine Banditenkönigin, hoch oben auf der aufgehäuften Tagesbeute sitzt und sentimentale alte Balladen über verlorene Einsamkeit, geschändete Tauben und in Brand gesteckte Tipis in den jungfräulichen Tälern voller rotem Salbei singt, über gezinkte Karten, Durchfall und Schwanzgymnastik in der Pferdekoppel am Fluss, der unter wispernden Pappeln blutrot dahinfließt. Den ganzen Tag haben sie Läden ausgeraubt, Banken überfallen und Leute umgebracht, und nun sind sie ein wenig müde und daher dankbar für die Pause, und als Belle das Lied über den Richter singt, der eine ganze Stadt gehängt hat, singen sie alle mit (auch er fällt ein, obgleich er überhaupt nicht singen kann). Sie zählt die Opfer auf und fügt mit jeder Strophe zwei oder drei hinzu – Er hängt' den Spieler, hängt' den Schüler, hängt' den Lehrer noch dazu! Er hängt' den Säufer, den Verkäufer, hängt' den Cowboy samt der Kuh! –, und den Refrain grölen sie im Chor: *Aber mich, mich hat er nicht gehängt!* Und sie lachen und spucken ins Feuer und lassen die Whiskeyflaschen kreisen: gut gelaunte, rauflustige Schurken.

Seine schwarze Stute liegt neben ihm am Feuer und lässt sich als Rückenlehne und Schutz vor den Elementen gebrauchen. Der Lagerplatz ist offen und ungeschützt, und der Wind weht aus allen Himmelsrichtungen, bläst ihnen Staub in die

Nasen und schlägt ihnen die Hüte von den Köpfen. Sie müssen das Feuer gut bewachen, denn verwehte Funken könnten das trockene Gestrüpp ringsum in Brand setzen und so ihren Überfall vereiteln, doch sie brauchen das Licht, um die Schienen im Auge zu behalten, die ihnen, gewandt wie Wasserschlangen, schon den ganzen Tag ausgewichen sind. Sie haben Stunden gebraucht, um sie hier, an diesem einsamen Ort, aufzuspüren, und dass ihnen das überhaupt gelungen ist, haben sie hauptsächlich seiner schwarzen Stute zu verdanken, die einer schwachen Spur aus Kohlenschlacke gefolgt ist, nachdem das Gleis scheinbar in einem Wasserloch geendet hatte. Selbst hier haben die Schienen versucht, sich davonzuschlängeln, und deswegen haben sie ihr Feuer darauf gemacht: Sollten die Dinger sich wieder wegschleichen, dann nicht ohne sie.

Nach so langer Zeit im Sattel, wenn Oberschenkel und Prostata den ganzen Tag durchgewalkt worden sind, ist er meist ziemlich erschossen und findet Sitzen ebenso anstrengend wie Stehen, doch die Stute hat eine weiche Gangart, und er fühlt sich sogar besser als am Morgen: keine neuen Qualen, und seine alten Wunden und Prellungen sind größtenteils verheilt, als wären sie mit Öl sanft wegmassiert worden. Sie ist auch schnell und furchtlos. Als es heute Ärger gab, war sie mühelos schneller als die Revolverkugeln, die man ihnen hinterherjagte. Sie setzt über Zäune und Abgründe, überwindet im Galopp jede Steigung und jede Krise und kann auf einem Zehn-Cent-Stück wenden und dabei vier Cent herausgeben. Bei den Abenteuern, die sie heute erlebt haben, mussten sie ein paar widerspenstige Verkäufer, Ladeninhaber und Hilfssheriffs erschießen, aber den einzigen ernst zu nehmenden Ärger hatten sie, als sie einen Gemischtwarenladen überfielen, um schwarze Hüte zu klauen, und auf eine andere Bande stießen, die dasselbe vorhatte. Während des heftigen Schusswechsels, der sich daraufhin ergab, schlich sich die schwarze Stute herein, stahl sämtliche schwarze Hüte, rettete ihn aus der Ecke hinter den Ballen von Baumwollstoffen, wo er in der Klemme saß, spaltete auf dem Weg hinaus mit gezielten Huftritten ein paar Köpfe und führte bei der gelungenen Flucht die ganze Bande an. Fast die ganze Bande. Sie hatten ein paar Leute im Kugelhagel verloren, aber später kamen einige Mitglieder der anderen Bande und wollten bei ihnen mitmachen, unter der Bedingung, dass sie ebenfalls einen schwarzen Hut bekämen, und so ist ihre Zahl wieder auf dem ursprünglichen Stand.

Einer der neuen Männer, ein schlaksiger Kerl mit weißem Hemd, schwarzer Weste, Backenbart, Ärmelhaltern und einer Brille, die wie zwei Münzen an einem Draht aussieht, unterbricht die Banditenkönigin, die abwechselnd die Beine in die Luft reckt, mitten in ihrem Lied über ein paar Satteltramps, die in der Schlafbaracke eine ausgelassene Party feiern, um sich darüber zu beschweren, dass sein Hut nicht richtig passt. Der sitzt mir so komisch auf den Ohren, murmelt er.

Halt doch deine Scheiß-Fresse, knurrt ein Buckliger mit schwarzem Bart, zieht einen Revolver mit Griffschalen aus Walnussholz und schießt den anderen genau zwischen die Münzen. Stör Belle nicht beim Singen.

Moment mal, du Buckelgeier, sagt ein dunkelhäutiger Fettsack mit zusammengekniffenen Augen und einem Zigarillo, das zwischen aufgesprungenen, dicken Lippen hängt. Der Typ war 'n Kumpel von mir. Bloß weil er in so 'n Scheiß-Lied reingequatscht hat, hättest du ihn nicht gleich umlegen brauchen.

Nicht? Der Bucklige richtet den Revolver auf den Fettsack. Soll ich bei dir gleich weitermachen, du Rattenarsch?

Der Dicke starrt mit zusammengekniffenen Augen in den Revolverlauf, zieht langsam an seinem Zigarillo und hat die Hände auf den Knien zu Fäusten geballt. Du hast die besseren

Karten, Alter, und ich hab nichts auf der Hand. Ich zahl den Einsatz und schiebe.

Hier gibt's nichts zu schieben, Knödelfresse, und der Einsatz ist dein Arsch, sagt der bucklige Bartkopf und spannt den Hahn des Revolvers.

Er erhebt sich von seinem Platz neben der schwarzen Stute und geht auf sie zu, bereit, sie beide zu erschießen, wenn es sein muss, doch gleichzeitig steigt die Banditenkönigin von dem Beutehaufen und baut sich zwischen den Streitenden auf, den troddelverzierten Sombrero streng in die Stirn geschoben, als wollte sie keinen Zweifel daran aufkommen lassen, dass sie es ernst meint. Wir haben keine Zeit für diesen Kinderkram, Jungs, sagt sie und gibt jedem eine so heftige Kopfnuss, dass ihre Hüte zu Boden fallen. Er nimmt dem Buckligen den Revolver ab, entspannt den Hahn, leert die Trommel und wirft ihm die Waffe in den Schoß. Und jetzt gebt ihr beiden Helden euch die Hände und vertragt euch wieder.

Ooch, Belle …

Na los, und keine Widerworte, sagt sie und gibt ihnen noch eins hinter die Ohren. Der Zug kommt jeden Moment hier durch. Seid ihr nun dabei oder nicht?

Autsch! Klar, Belle, aber –

Dann mal 'n bisschen plötzlich!

Na gut, na gut. Scheiße. Tut mir Leid, dass ich deinen Kumpel abgeknallt hab, aber ich war so aufgeregt von der Warterei auf den Scheiß-Zug.

Ist schon in Ordnung. Ehrlich gesagt konnte ich diesen eingebildeten Pickelarsch sowieso nicht besonders ausstehen.

Das ist schon viel besser, Jungs, sagt die Banditenkönigin, klettert wieder auf den Beutehaufen und stimmt ihre Gitarre. Er setzt sich wieder neben die Stute, befingert den goldenen Ring, den Belle ihm für das Loch in seinem Ohr gestohlen hat, betrachtet die Sterne, die vom Wind umhergewirbelt werden, und denkt daran, dass die Tage und seine Erinnerung daran an ihm vorbeiwehen, als würden sie von diesem Wind getrieben, dass sie davonstieben, als hätte es sie nie gegeben, und dass nur eine Konstellation aus Gewohnheiten und Eindrücken bleibt, die dem undeutlichen, verworrenen Bild entspricht, das er von sich selbst hat – und Konstellationen, hat ihm mal ein alter, schmutziger Scout erklärt, existieren gar nicht wirklich, sondern sind bloß Illusionen der an die Erde gefesselten Menschen, die hier herumwimmeln. Das hat er gesagt, und es kann sein, dass er Recht hatte. Was bedeutet, dass er nichts weiß und manchmal, wenn die Verwirrung ihn überfällt, noch weniger als das. Ein Eindruck, den dieser Tag ihm beschert hat, ist zum Beispiel, dass es ihm anscheinend leichter fällt, das Gesetz zu brechen, als es zu schützen, auch wenn diese Vorliebe durch eine besorgniserregende Unruhe des Herzens getrübt wird, über deren Ursache er nur Spekulationen anstellen kann, ohne sie aber ganz zu verstehen, denn bisher war er – nach Veranlagung, Neigung und Bedürfnis – ein freier, ungebundener, auf sich allein gestellter Mann, der derlei Befürchtungen nicht kannte. Doch da war er der Lehrerin noch nicht begegnet. Er sieht sie jetzt noch vor sich, diese traurige, liebe, schutzbedürftige Frau, wie sie an die Schienen gefesselt ist und sich windet. Mit einem Wort: Scheiß auf das Konstellationsbild, das er von sich hat – es könnte sein (aber das ist es ja gerade: Es kann eben *nicht* sein), dass er verliebt ist, und so lange er hier, außerhalb des Gesetzes, steht, muss diese Liebe unerfüllt bleiben. Hört man schon was?, fragt Belle.

Ein Mestize mit Augenklappe und langem schwarzem, fettigem Haar legt sein Ohr – er hat nur das eine – an die Schiene, auf der er hockt. Nein. Nichts.

Vielleicht sind's die falschen, sagt ein krummbeiniger alter

Graubart mit rotem Unterhemd und schwarzem Derby. Vielleicht sind's mal wieder 'n paar falsche Schienen, die der verdammte Zug gelegt hat, damit wir ihn nicht erwischen.

Die schwarze Stute hinter ihm hebt den Kopf und schüttelt ihn mit einem verneinenden Schnauben. Das sind schon die richtigen Schienen, Opa, sagt er gelassen und tätschelt die Schulter der Stute. Nur die Ruhe, der kommt noch früh genug.

Um die Wartezeit zu verkürzen und diese rastlose Bande reizbarer Räuber zu beruhigen, singt Belle bewährte Erbauungslieder über das Schicksal und blitzschnell gezogene Revolver, über Potenz und Freiheit (Etwas heult, etwas schleicht schwarz behaart durch die Prärie, trällert sie in die dunkle, windige Nacht, und das Lagerfeuer lässt den Rubin auf ihrer Wange aufleuchten, sodass er eher wie ein Ofenfenster aussieht, hinter dem in ihrem Mund ein Feuer lodert), und am Ende des Liedes (Endlos weiter Raum! Amen! Amen!) legen er und die anderen Männer den Kopf in den Nacken und stoßen ein langes, klagendes Geheul aus, das der Wind, wie es scheint, mitnimmt und über die schwach schimmernde Wüste ausbreitet, als wollte er diese Landschaft mit dem verschwommenen Schmerz ihrer unbewussten Sehnsüchte zudecken.

Langsam verklingt das Geheul, davongetragen vom letzten Windstoß, und in der darauf folgenden lastenden Stille legt der Mestize mit dem strähnigen Haar sein Ohr wieder an die Schiene, hebt die Hand und flüstert: Er kommt!

Eilig treten sie das Feuer aus, binden sich die Masken um und steigen auf ihre Pferde. Sie können die Lokomotive jetzt hören: Ihr entferntes, klagendes Heulen klingt wie eine Antwort auf ihr eigenes Geheul, und es kommt auf sie zu. Er lenkt die schwarze Stute auf die Schwellen, um dem Zug den Weg zu versperren und das unstete Gleis an der Flucht zu hindern, und die anderen scharen sich um ihn, halten Gewehre und Revolver bereit und harren der Dinge, die da kommen sollen. Das Donnern wird lauter, die Dampfpfeife jault, und sie hören das rhythmische Rattern stählerner Räder, die immer näher kommen, doch noch immer ist nichts zu erkennen.

So langsam müssten wir aber die Lichter sehen, sagt einer, und plötzlich ist es totenstill.

Was? Wo ist er hin?

Pssst!

Ihre Pferde stehen zusammengedrängt in der stockdunklen Nacht auf dem kurzen Schienenstück, das sie gefunden haben. Ihre Augen suchen den bleichen, leeren Horizont ab. Außer ihrem eigenen Atem, dem gelegentlichen Aufstampfen eines Hufs und dem Zischen, mit dem einer an einem wackligen Zahn saugt, ist kein Laut zu hören. Und dann – so plötzlich, wie eben die Stille eingetreten ist – donnert der Zug auf sie zu: Seine Pfeife jault, sein Scheinwerfer schwingt über ihnen hin und her wie ein teuflisches Pendel, aus dem Schornstein quillt feuriger Rauch, und Funken stieben von den mahlenden Rädern. Pferde bäumen sich auf, Reiter fallen zu Boden, einige schreien und rennen davon, doch er und die Stute bleiben reglos stehen, und der Zug verschwindet wieder. Stille und Dunkelheit senken sich herab, noch undurchdringlicher als zuvor.

Während die anderen Flüche murmeln, sich den Staub von den Kleidern klopfen und wieder auf die Pferde steigen, reitet die Banditenkönigin auf ihrem goldfarbenen Palomino zu ihm und sagt: Was meinst du dazu?

Weiß nicht. Er versteckt sich scheint's. Oder versucht's.

Vorbei ist er nicht?

Nein. Er ist da hinten irgendwo. Seine Augen, die vom Scheinwerfer der Lokomotive geblendet waren, gewöhnen sich langsam wieder an die Dunkelheit und suchen die öde Landschaft nach irgendetwas ab, hinter dem sich etwas so Großes verbergen könnte. Doch was er sieht, sind hauptsächlich Beifußbüsche, Gestrüpp und blasse Felsen.

Was ist mit der alten, aufgegebenen Silbermine?

Silbermine?

In der Spalte da, auf dieser Seite des Hügels da hinten. Siehst du das schwarze Loch? Es geht tief rein, und da gibt's auch Schienen. Auf denen könnte er gefahren sein.

Er nickt. Bleibt uns wohl nichts anderes übrig. Er dreht sich zu dem alten Graubart um. Du bleibst hier, Opa, und passt auf, dass die Schienen nicht wieder abhauen. Der Rest kommt mit mir.

Im gestreckten Galopp reiten sie über die gewaltige, flache Wüste zur Silbermine, doch sie legen die große Strecke in sehr kurzer oder vielmehr gar keiner Zeit zurück, denn es kommt ihm so vor, als würde er noch die Entfernung, die sie zu überwinden haben, abschätzen, als sie auch schon auf schwitzenden, schäumenden Pferden vor dem Mineneingang stehen und darüber nachdenken, was als Nächstes geschehen muss.

Er ist da unten, flüstert einer. Ich hör ihn schnaufen.

Also, was machen wir jetzt, Kleiner? Die Frage kommt von dem schießwütigen Buckligen, der jetzt die Nickelbrille auf der Knollennase hat, in deren schwarzen, runden Gläser sich je ein Stern spiegelt und aussieht wie eine Pupille.

Bleibt uns scheint's nicht viel übrig. Der Zug ist in dem Loch da. Wenn wir ihn ausrauben wollen, müssen wir wohl auch da runter.

Mh-hm. Tja. Da hast du wahrscheinlich Recht. Die knotigen Finger des Banditen wühlen im Bart und kratzen die Haut zwischen den Haaren. Er sieht die anderen an. *Irgendeiner* muss wohl da runter.

Die im Halbkreis versammelten Männer der Bande starren ihn im Dunkeln missmutig an. Eine lange Stille tritt ein, unterbrochen nur vom Zischen der Lokomotive, die tief im Berg ein bisschen Dampf ablässt. Na gut, sagt er schließlich. Aber dann krieg ich auch ’n größeren Anteil. Darüber murren einige, bis Belle sagt: Klar, versteht sich. Ist nur fair.

Doch als er die Stute zum Mineneingang lenkt, scheut sie und sträubt sich, sodass er absteigen muss (ist sowieso besser, zu Fuß zu gehen, denkt er, denn dann kann er leichter aus dem Weg springen, sollte der Zug versuchen zu fliehen und ihn über den Haufen zu fahren), worauf sie sich quer vor die schwarze Tunnelöffnung stellt und ihm den Weg versperrt.

Sie schnaubt flehend, reibt ihre Nase an seinem Wildlederhemd und schiebt ihn zurück. Er legt ihr den Arm um den Hals und flüstert, als sie den Kopf senkt, in das Ohr, das vor seiner Nase hin und her zuckt, als wollte sie Fliegen verjagen: Ist schon gut. Da unten ist bloß ’n altes, durchgeknalltes Feuerross. Und außerdem – was soll’s? Du weißt doch: Ich hab keine andere Wahl.

Einmal, vor langer Zeit – es fällt ihm jetzt wieder ein, während er sich an der besorgten Stute vorbeidrängt und blindlings tastend den pechschwarzen Stollen betritt, als gehorche er einer unausgesprochenen Verpflichtung, die er noch nicht einmal als solche erkennt –, hat er beim Stud Poker eine Frau gewonnen, eine von denen, über die Belle vorhin gesungen hat. Sie war, wie es von solchen Frauen hieß, eine Nymphe der Prärie, die schon eine Menge Männer zu Tode bezaubert hatte, und so war auf ihren Kopf ein Preis ausgesetzt, und etliche Kopfgeldjäger waren hinter ihr her. Damals war er ebenfalls Kopfgeldjäger gewesen, sodass er praktisch hundert Dollar gewonnen hatte. Sein Problem war, dass er sie, um die Prämie zu kassieren, zum nächsten Fort schaffen musste, bevor irgendwelche Kollegen sie sich schnappten, und so dachte er, es sei besser, sie aus eigener Kraft dorthin laufen zu lassen und das Geld einzustreichen, anstatt sie an Ort und Stelle umzulegen und ihre Leiche herumschleppen zu müssen. Falsch gedacht. Er hätte es besser wissen müssen, schließlich war ihm ja klar, was er sich da eingehandelt hatte, doch damals war er noch jung und unbekümmert (als wäre er inzwischen klüger: Man braucht sich ja nur anzusehen, wo er jetzt wieder gelandet ist) und unbewandert in den Hexereien professioneller Prärienymphen. Diese hier, hieß es, webte ihren nekromantischen Zauber mit Hilfe einer uralten Technik kundigen Schwanzreibens, und so schnallte er vorsichtshalber einen Revolvergurt zwischen die Beine, zog eine zweite Hose verkehrt herum an, knebelte die Nymphe und fesselte ihr die Hände auf den Rücken. Das bedeutete natürlich, dass er sie füttern und ihr den Hintern abwischen musste, und dies wiederum bescherte ihm die Erkenntnis, dass sie über noch andere bezaubernde Körperteile verfügte, zu denen nicht zuletzt ihre Augen gehörten, deren Blick unablässig auf ihm ruhte – ein wilder Blick, denn in ihren Adern floss Indianerblut, doch ein Blick von solch scheinbarer Reinheit und natürlicher Unschuld, dass er schließlich nichts anderes mehr sehen konnte und in ihrer Gewalt war und ihre Fesseln löste, sodass sie ihn in ihren tödlichen Bann schlagen konnte. Die folgenden Tage verschwammen zu einer immerwährenden Gegenwart, und während seine Lebenskraft aus ihm herausfloss, verlor er jedes Zeitgefühl. Ebenso wie seine Orientierung: Selbst die Landschaft schien sich zu verändern und bekam einen rosigen Schimmer, und dieser war bald alles, was er noch wahrnahm, denn durch die Intensität seiner Lust, die auch ein Schmerz war, glätteten sich die Ecken und Kanten der Welt zu einer einzigen pulsierenden, roten Oberfläche, die ihn umschloss wie der Stollen, durch den er sich nun tastet und der jetzt ebenfalls rot und pulsierend ist, auch wenn der hämmernde Rhythmus, den er hier hört, möglicherweise der seines eigenen Herzens ist (wie er es damals zweifellos war) und die Rötung eine durch die absolute Schwärze des Schachtes bewirkte optische Täuschung ist. Oder sind diese Täuschungen heute wie damals die eigentliche Wahrheit? Ist sein willenloses Hinabgleiten in den Schoß der Erde in Wirklichkeit nichts anderes als die sarkastische, theatralische Art der Nymphe, von ihm Abschied zu nehmen? Vielleicht, und doch erinnert er sich dunkel daran, wie es weiterging: Irgendwie gelang es ihm durch jugendliche Willenskraft, sich aus der Verzauberung zu befreien, und obgleich er beinahe zu schwach war, um sich auf den Beinen zu halten, überwältigte und fesselte er sie wieder, verband ihr die Augen und suchte in der Stadt, die er bald darauf fand, einen Priester, der den Zauber brechen konnte. Tja, sagte der und musterte sie mit müden, gelblichen Augen, wir könnten sie zum Fluss schleifen und versuchen, sie zu taufen. Meinen Sie wirklich, Hochwürden? Kommt mir 'n bisschen lasch vor. Wenn *ich* sie taufe, mein Sohn, antwortete der Priester mit einem schmalen, düsteren Lächeln, ist sie hinterher entweder gezähmt oder tot. Also übergab er ihm die Nymphe und ging in den Saloon auf der anderen Straßenseite, um seine Lebensgeister wieder zu wecken. Dort machte er die Bekanntschaft einiger Männer, die ihm freundlich anboten, sich von ihm zu einem Drink einladen zu lassen, und sich nach dem liebreizenden Mädchen erkundigten, das er in die Stadt geschleppt hatte, gefesselt wie einen Berglöwen, dem das Fell über die Ohren gezogen werden sollte, und da sie unbewaffnet waren und lediglich nach dem Whiskey in seiner Flasche zu trachten schienen, hatte er keine Bedenken, ihnen von ihr zu erzählen. Dann hast du sie also dem Bibelhengst gegeben, dem der Hallelujapuff da drüben gehört? Hab ich. Er hat gesagt, er könnte sie mit 'm bisschen theologischen Baden enthexen. Tja, Kleiner, dann sind dir wohl gerade hundert Dollar durch die Lappen gegangen. Sonntags ist der Typ zwar 'n Kanzelscheißer, aber an allen anderen Tagen gibt's im ganzen Terrortorium keinen härteren, blutrünstigeren Kopfgeldjäger als ihn. Er saß da, verarbeitete diese unangenehme Neuigkeit und merkte, dass sein Blut wieder in Wallung geriet, war aber noch nicht imstande, die geeigneten Schritte zu ergreifen. Sagt mal, was für 'n Tag ist heute eigentlich? Weiß nicht, aber jedenfalls nicht Sonntag, außer der Pfaffenarsch sagt, es ist Sonntag. Also nahm er sein Gewehr und suchte, obwohl es ihn noch immer erhebliche Mühe kostete, einen Fuß vor den anderen zu setzen, nach dem Priester. Er fand ihn schließlich nackt und bis auf die Knochen ausgesaugt mit dem Gesicht nach unten im Fluss treibend. Die Prärienymphe hat er nicht wiedergesehen, aber er ist sich nie ganz sicher, ob ihr Bann gelöst ist, denn seither ist er voller Zweifel an sich selbst und der Welt, durch die er sich bewegt, voller Zweifel daran, ob etwas wirklich oder von ihr verhext ist.

Plötzlich keucht ganz in der Nähe der Zug, und er fährt zusammen und drückt sich an die rötlich schimmernde Wand des Stollens, doch schon herrscht wieder Stille. Während er sich vorsichtig weiterbewegt, fällt ihm ein (die rötlichen Wände erinnern ihn sehr: Ja, sie sind keine Illusion), dass seine Befürchtung, der Zug könnte wieder in Fahrt kommen und ihn überrollen, unbegründet ist, denn natürlich ist er mit dem Schienenräumer voran hier hineingefahren und kann nicht wenden, und der rötliche Schimmer stammt vom Schlusslicht, das in Sicht kommt, als er um eine abschüssige Kurve biegt: Das Zittern und Beben der gefangenen Lokomotive am anderen Ende des Zugs lässt es leicht hin und her schaukeln. Sie duckt sich und drückt die Schnauze in den sich verengenden Tunnel wie ein geprügelter Hundewelpe, der sich in einem Stiefel verstecken will.

Sieh mal einer an, sagt er. Wer ist denn da auf'm toten Gleis gelandet?

Der Zug stößt zischend eine gewaltige Dampfwolke aus, pfeift schrill und läutet die Glocke, aber das ist bloß eine leere Drohung.

Er wartet, bis der Lärm verklungen ist, und sagt dann: Du weißt, dass du hier nicht anders rauskommst als mit dem Hintern zuerst durch das Loch, durch das du reingekommen bist. Und es geht immer bergauf, sodass du kein Tempo draufkriegst, und oben wartet eine Bande von besonders gemeinen Desperados nur darauf, dich Niete für Niete auseinander zu nehmen, wenn du rausgekrochen kommst. Ich schätze also, das Beste ist, du rückst die Sachen freiwillig raus – dann lassen wir dich ziehen.

Abermals heult die Pfeife, Dampf quillt aus den Ventilen, die Kupplungen rasseln, und das Schlusslicht schwankt an seiner Halterung am Dienstabteil wild hin und her, sodass die Schatten auf den Wänden des höllischen Stollens tanzen, aber im Grunde weiß der Zug genau, dass er keine Chance hat. Ein letztes metallisch klirrendes Zucken geht durch ihn, und dann sacken die Waggons in sich zusammen und rumpeln niedergeschlagen gegeneinander. Das Schlusslicht hört auf zu schwanken und hängt in regloser, trüber Verzagtheit da.

Ich werd dafür sorgen, dass dir nichts passiert, sagt er, und der Zug tut einen tiefen, hoffnungslosen, ergebenen Seufzer und leert seinen Inhalt aus. Als alles auf dem Boden liegt, führt er ihn, dessen Treibstangen und Räder selbstmitleidig ächzen, hinauf zum Ausgang. Er hat das Gefühl, als wäre er wochenlang hier unten gewesen, auch wenn es wahrscheinlich nicht so lange gedauert hat, doch immerhin ist es Mittag, als er aus dem Stollen tritt, wo seine Männer noch immer so, wie er sie verlassen hat, auf ihren Pferden sitzen und ihn erwarten, vor ihnen die schwarze Stute, die freudig wiehert und ihre Nase an seiner Brust reibt. Ihr könnt den Zug durchlassen, Jungs, sagt er. Wir brauchen ihn nicht mehr – er hat da unten alles abgeladen. Bedient euch!

Jippie!, rufen die Männer und springen aus den Sätteln, und sobald der Zug, niedergeschlagen schnaufend, den Weg frei gemacht hat, rennen sie, wild in die Luft feuernd, in den Stollen. Jeder will der Erste sein, der sich über die Beute hermacht. Das Trappeln ihrer Schritte dringt aus dem pechschwarzen Tunnel, und er hört gelegentliche Querschläger und Flüche, als sie übereinander und gegen die Wände stolpern und immer tiefer in der Erde verschwinden. Die Banditenkönigin sitzt noch immer hoch über ihm auf ihrem Pferd – im hellen Sonnenlicht wirkt ihr Palomino grindig und schmutzig und hat eher die Farbe alter Kuhfladen –, und sie nimmt ihre Maske ab und sagt: Ich hab Neuigkeiten für dich, Kleiner.

Bevor sie ihm diese mitteilen kann, ertönt aus den Tiefen der Mine eine gewaltige Explosion, und aus dem schwarzen Loch ergießt sich ein makabrer, ekelhafter Regen. Wütend dreht er sich um und feuert mit dem Gewehr vergeblich auf den fliehenden Zug, von dem jetzt nur noch das rote Schlusslicht zu sehen ist, das ihm aus der flirrenden Entfernung höhnisch zuwinkt. Er springt in den Sattel, um die Verfolgung aufzunehmen, doch Belle hält ihn zurück.

Immer langsam, Cowboy, sagt sie und fällt ihm in die Zügel. Lass ihn. Wir brauchen die Bande sowieso nicht mehr. Sie haben den richtigen Pferdedieb geschnappt. Du bist begnadigt. Du bist ein freier Mann. Er lässt sich wieder in den Sattel sinken und muss diese überraschende Nachricht erst einmal verdauen. Frei. Der Klang des Wortes rauscht in seinen Ohren wie ein frischer Wind. Er streckt sich, und das Land ringsum scheint sich zu weiten. In der Ferne, über der Stelle, wo der niederträchtige Zug verschwunden ist, kreist wie eine Aufforderung ein einsamer Falke. Es ist an der Zeit, schreibt er mit eleganten Bögen und Schlaufen auf den schieferblauen Himmel, diese Stadt hinter dir zu lassen. Selbst als Bösewicht auf der Flucht war er von ihr gefangen, aber das ist nun vorbei. Er streift die Maske ab, sieht blinzelnd auf den weiten Horizont und sucht dort, am Rand der sichtbaren Welt, nach einem Ziel, bevor alles entschwindet. Du kannst wieder Sheriff sein, Schätzchen. Du und ich, wir können in dieser verstunkenen Stadt aufräumen.

Mir liegt nicht viel daran, Sheriff zu sein, Mam. Werd wohl lieber wieder weiterziehen. Die Sängerin – denn das ist sie jetzt wieder – wirkt betrübt, aber nicht überrascht. So ist er nun mal. Wer war's denn nun?

Tja, du wirst es kaum glauben: die Lehrerin. Sie kam kackfrech auf dem Gaul in die Stadt geritten.

Was? Aber den hab ich ihr doch gegeben.

Wie sie an ihn gekommen ist, spielt doch gar keine Rolle. Sie hat drauf gesessen, und das reicht. Sie haben ihren zuckersüßen Arsch ins Loch gesteckt, ohne lang zu fragen oder sich irgendwas anzuhören, und basta. Morgen Mittag um zwölf wird sie gehängt, und das war's dann.

Der Falke ist verschwunden, die Schiefertafel ist leer. Der Horizont ist ein wenig geschrumpft – er weiß nicht, ob das seinen Aufbruch beschleunigen oder verhindern soll –, und der Wind hat sich gelegt, wenn er denn je geweht haben sollte. Die Stute schnaubt ungeduldig und scharrt mit den Hufen. Er streichelt ihren Hals. Der Sheriffjob ist also noch frei?

Ich denke, du wolltest in den Sonnenuntergang reiten.

Scheint nicht die richtige Tageszeit dafür zu sein. Außerdem hab ich das Gefühl, ich kann noch nicht weg.

Das hör ich gern, Schätzchen. Hab ich doch gewusst, dass du's nicht über dich bringst, mich zu verlassen. Also komm! Ich hab noch immer das Kleid aus Samt und Seide mit den ganzen Knöpfen und fast ohne Flecken. Dann woll'n wir mal!

Weißt du, was mir immer richtig an die Nieren geht?, fragt die Sängerin und sieht hinab auf die Stadt, deren Häuserreihen parallel ausgerichtet sind, als wollten sie den Betrachter davon überzeugen, dass dieser Ort tatsächlich existiert. Das ist, wie traurig das Kaff aussieht – ein Fliegenschiss am Arsch der Welt. Und wie großartig.

Eher eigenartig, erwidert er. Sie stehen auf einem Hügel über der Stadt, einer Erhebung, die er zuvor nie bemerkt hat. Ich seh da unten keine Menschenseele.

Das kommt davon, dass wir so hoch oben sind.

Nicht so hoch, dass ich das Saloonschild nicht sehen kann. Oder die Gardine in deinem Fenster.

Ist das nicht hübsch? Sie beugt sich zu ihm und streichelt das Wildleder seiner Hose. Er kann auch den Galgen erkennen, der im Augenblick ebenso leer ist wie die ganze Stadt. Er ist erleichtert, denn er hatte schon befürchtet, unterwegs könnte ein ganzer Tag vergangen sein, und er käme zu spät. Es sei denn, es ist bereits der Tag danach. Ich kann's gar nicht erwarten, wieder auf meinen Satinlaken zu liegen. Sie seufzt und tätschelt ungeduldig sein Bein. Dieses raue Leben ist nichts für ein zartes, sittsames Mädchen wie mich.

Belle, sagt er, ich muss mit dir über was reden

Nur eine Bedingung, Schätzchen: Dieser Gaul kommt mir nicht ins Bett.

Darum geht's ja. So weit wird's nicht kommen.

Natürlich nicht. Aber sieh dir das an.

Die Straßen dort unten sind jetzt voller winziger Männchen, die in zielloser Panik umherwimmeln wie Ameisen, in deren Nest man mit einem Stock herumgestochert hat. Sie rennen in die Häuser und wieder heraus, eilen über die Straßen, fallen von Dächern und aus Fenstern, wirbeln herum, fallen zu Boden und wälzen sich im Staub, und obgleich das alles in drückender mittäglicher Stille geschieht, wird ihm bewusst, dass sie offenbar aufeinander schießen. Ja, so ist es, er kann Mündungsfeuer und Rauchwölkchen sehen. Und dann hört man auch etwas: eine Serie von stotternden kleinen Explosionen, als würden Knallfrösche abgebrannt.

Ich würd sagen, die Stadt braucht dringend einen Sheriff, bemerkt die Sängerin. Hoffentlich haben die nicht auch den Pfarrer umgelegt.

Die Leichen werden fortgeschleppt oder von Geiern davongetragen, und die Männchen verschwinden, obwohl die kleinen Explosionen noch für eine Weile zu hören sind, bevor sie schließlich verklingen. Die Gebäude verschieben sich wie die Einsätze auf einem Spieltisch: Die Bank rutscht an die Stelle, wo vorher der Saloon war, der seinerseits den Platz der Kirche einnimmt, welche nun in der Stadtmitte, neben dem Stall, steht, das Claims-Büro und das Gefängnis zu beiden Seiten des Gemischtwarenladens rochieren, und so weiter, bis alle Häuser neu angeordnet sind. Die Straßen sind wie leer gefegt, und es herrscht wieder Stille. Er hat das Gefühl, Zeuge eines bedeutsamen Ereignisses geworden zu sein, weiß aber nicht, was es ist, und kann sich auch nicht voll und ganz darauf konzentrieren, denn er ist zu sehr von bangen Gedanken an eine bestimmte Person und die Gefahr, in der sie schwebt, in Anspruch genommen. Über den Pfarrer brauchst du dir nicht den

Kopf zerbrechen, Belle. Ich bleib sowieso nicht hier. Muss nur noch was erledigen, und dann bin ich weg.

Plötzlich wimmeln die Männchen wieder auf der Straße umher, hüpfen, rennen, stürzen wie zuvor und schreiben ihr armseliges Schicksal auf die staubige Tafel der Stadt, und einen Augenblick später erklingt das stotternde Knallen und tätowiert die Wüstenluft. Er weiß noch nicht genau, wie er tun wird, was er tun muss. Das Einfachste und Verwegenste wäre, in die Stadt zu reiten, die Lehrerin hochzuheben, hinter sich aufs Pferd zu setzen und davonzureiten, und wahrscheinlich ist das genau das, was er tun oder jedenfalls versuchen wird. Wenn sie ihn lässt. Sie beharrt ziemlich streng auf Prinzipien, und das kann sich auch für jemanden mit den besten Absichten als hinderlich erweisen. Er stellt sich ihre Gegenwehr vor, und unwillkürlich spielt ein halbes Lächeln um seinen Mund. Was hat sie, von dem ich nicht doppelt so viel hab?, fragt die Sängerin ihn geradeheraus, und ihre Stimme bekommt einen harten Klang.

Er presst die Lippen zusammen und hat das Gefühl, als hätte ihm jemand bei einem Poker-Showdown in die Karten gesehen. Das ist es nicht, sagt er. Die Männchen dort unten verschwinden wieder, die Leichen werden eingesammelt, und die Gebäude tauschen die Plätze, als ginge es darum, irgendein Puzzle zu lösen. Es ist bloß … Sie ist keine Pferdediebin, und da kann ich sie doch nicht für hängen lassen.

Hmmf, sagt Belle in die Stille, die wieder eingetreten ist. Sie hat ihren troddelgeschmückten Sombrero in den Nacken geschoben, und ihr rotblondes Haar leuchtet in der Sonne, als stünde ihr Kopf in Flammen. Diese Schnepfe ist hässlich wie ’n Zaunpfahl und freundlich wie ’ne tote Katze, und sie ist nicht mal o-beinig genug, um richtig auf ’nem Pferd zu sitzen. Wenn sie *mich* hängen würden, wärst du längst weg, stimmt’s, mein Hübscher?

Sie ist anders, Belle. Er denkt daran, wie er sie zum ersten Mal gesehen hat, eingerahmt vom Fenster des Schulhauses, das dunkle Haar zu einem festen Knoten gebunden. Sie war so blass und schön und sah ihn an, als wollte sie ihn durch ihren Blick allein lehren, wie das Universum funktioniert und wie die bösen Geister, die im menschlichen Herzen wohnen, überwunden werden können. Sie ist gut und gebildet und so rein wie ein Engel. Sie kann gar keinen schlechten Gedanken denken.

Scheiß auf ihre Augen. Sie ist ’ne Zicke, und sie hat einen abgekauten Maiskolben in ihrem gebildeten Engelarsch. Ich kann die hochnäsige Art, wie sie redet, nicht ausstehen – wie sie ihre Büldung vor sich herträgt. Was hat eine wie die hier überhaupt zu suchen? Die Sängerin hält inne, um zu verschnaufen, ihr Atem kommt jetzt in kurzen, wütenden Stößen. Ihr Gesichtsausdruck erinnert ihn an den seines Mustangs, kurz bevor er ihn erschossen hat. Du hast mir was versprochen, Cowboy. Vergiss das bloß nicht.

Er seufzt. Das hier entwickelt sich nicht so, wie er es sich vorgestellt hat. Er hatte sogar gedacht, Belle würde ihm vielleicht helfen. Dafür gibt’s keine Zeugen, Belle.

Nein? Was glaubst du, wie viele Leute da unten leben?

Sie rennen schon wieder mit ihren Hüten und Fledermausflügel-Chaps auf den Straßen herum, schießen aufeinander, gehen in Deckung, tauchen auf irgendetwas auf, nur um davon herunterzufallen, und über ihnen schweben die Geier wie glatzköpfige, schwarz gekleidete Croupiers, beobachten alles und warten darauf, die Gewinne einzustreichen. Das dünne *Pengpeng Peng* der entfernten Schüsse schwillt an, während das hektische Treiben nachlässt und sich die Straßen leeren, und dann verebbt es. Weiß nicht, sagt er. Die kleinen Gebäude ordnen sich aufs Neue rings um den Galgen an. ’ne ganze Menge wahrscheinlich. Aber die bleiben ja nicht lang genug stehen, dass man sie zählen kann.

Tja, Schätzchen, egal, wie viele es sind – das sind jedenfalls meine Zeugen.

Die Straßen der Stadt dort unten sind wieder so leer und still wie zuvor und glühen in der Mittagshitze. Auf einem pechschwarzen Pferd reitet eine einsame Gestalt in die Stadt, ganz in Schwarz gekleidet, mit silbernen Sporen und Revolvern und einem goldenen Ring in einem Ohr. Das ist er selbst. Ein Mann mit einer Mission. Die Sängerin hat ihn empört und wütend verlassen – oder zumindest scheint es so. Da war nichts zu machen, und nun ist er hier. Er wirft wachsame Blicke unter der breiten Krempe seines weichen Hutes hervor, er fühlt sich beobachtet und beobachtet seinerseits die Fenster und Dächer und Ecken. Er rechnet mit Ärger. Auch die Stute scheint unruhig. Sie schüttelt gereizt den Kopf und beißt auf dem Gebiss herum. Na ja, sie ist ein Verbrecherpferd und hat, abgesehen von irgendwelchen illegalen Aktionen, wahrscheinlich nie einen Huf in eine Stadt gesetzt. Vermutlich hat sie gute Gründe, sich unbehaglich zu fühlen.

In der Stadtmitte, gegenüber vom Saloon, sind ein einohriger Mestize mit Schmerbauch und ein großer Mann mit zusammengekniffenen Augen, geschwungenem Schnurrbart und auf die Glatze tätowierten Haaren dabei, die Falltür des Galgens zu probieren, wobei sie, anscheinend nicht zum ersten Mal, eine Ziege verwenden, der sie die Schlinge um den Hals gelegt haben. Hlo, Sheriff!, ruft der Mann mit den auftätowierten Haaren und zerrt die Ziege auf die Falltür. Alles im Lot?

Er nickt ihnen zu und sieht, wie die schlaffe, froschäugige Ziege fällt. Dann lenkt er die Stute vorsichtig zum Gefängnis. Demnach ist er also wieder Sheriff. Tatsächlich: Er trägt den silbernen Stern, den mit dem Loch in der Mitte. Das erklärt das Ziehen in seiner Brust, das er spürt, seit er dem einladenden Horizont den Rücken gekehrt und den Weg zur Stadt eingeschlagen hat. Auf seinem schwarzen Hemd schimmert das Ding wie nie zuvor.

An der Tür des Gefängnisses hängt ein Plakat, auf dem die Hinrichtung für morgen Mittag angekündigt ist, mit einem Porträt der Lehrerin, die jeden streng anstarrt, der es wagt zurückzustarren. Die Intensität ihres Blicks und die reine, sanfte Unschuld und Aufrichtigkeit, die daraus sprechen, erschüttern ihn, und er weiß, dass er sein Herz an sie verloren hat.

Er bindet die Stute an das Querholz, obgleich sie nervös ist, mit wild rollenden Augen zurückweicht und am Zügel zerrt, denn für das, was er vorhat, braucht er sie. Er nimmt das Gewehr, das am Sattelhorn hängt. Es dauert nur ganz kurz, und dann hauen wir hier ab, sagt er leise und streichelt beruhigend ihren verschwitzten Hals. Dann betritt er, auf alles gefasst, das Gefängnis.

Doch dort ist bloß ein alter Knacker mit Augenklappe, der an seinem zerlöcherten roten Unterhemd einen Hilfssheriffstern trägt und zusammengesunken auf dem Drehstuhl sitzt. Durch seinen grauen Bart zieht sich eine Narbe wie ein tiefer Graben, in dem ein Tabaksaftrinnsal fließt, und sein Auge ist vom Alkohol gerötet. Hlo, Sheriff, murmelt er und versucht sich zu erheben. Gut, dass du wieder da bist. Kommst gerade recht, um diese hinterhältige Pferdediebin zu hängen. Er feixt, lässt sich wieder in den Drehstuhl fallen, nimmt einen Schluck aus der Whiskeyflasche und bietet sie ihm rülpsend an. Prost, Sheriff!

Wo ist sie?, fragt er.

Die Gefangene? Haben sie mitgenommen in den Saloon. Wollten mal sehen, wie sie unter den ganzen Klamotten aussieht, und sie ordentlich bürsten, bevor sie gehängt wird.

In den Saloon?

Ja, da gibt's jede Menge Seifenlauge und genug Leute zum Helfen. Die Jungs haben vor, sie hinterher mit Gänsefett und Stinktieröl einzuschmieren, damit sie auch richtig hübsch aussieht. Er ist schon an der Tür, und in seinen Schläfen pocht es schlimmer als nach dem Schlangenbiss. Heh, Moment mal, Sheriff! Ist das da draußen nicht 'n Verbrecherpferd?

Kann sein. Ich kümmer mich drum. Bleib du hier und behalt die Whiskeyflasche im Auge.

Hab ich vor.

Die Stute ist schaumbedeckt, rollt die Augen und zerrt am Zügel, also bindet er sie los. Bleib in Deckung, flüstert er dabei. Ich bin gleich wieder da. Wenn wir abhauen müssen, pfeif ich dir. Sie zögert, scharrt mit den Hufen und wiehert leise, aber er gibt ihr einen liebevollen Klaps auf den Hintern, worauf sie, nicht ohne sich noch einmal über die Schulter nach ihm umzusehen, im Schatten hinter dem Gefängnis verschwindet.

Das Ziel seiner Suche befindet sich auch nicht im Saloon. Es ist ruhig hier drinnen: Vier Männer spielen Karten, ein paar andere lehnen an der Theke, in einer Pfütze mitten im Raum steht ein Eimer Seifenlauge, über dessen Rand ein zerrissenes, schwarzes, spitzenbesetztes Stück Stoff hängt. Die Männer an der Theke lachen und zeigen auf den Eimer oder die langstielige, nasse Pferdebürste, die daneben liegt. Der Buckel ist schon ein Hund!, johlt einer.

Hlo, Sheriff, grinst der Barkeeper, ein dunkelhäutiger Mischling mit schläfrigen Augen und einer halben Nase. Willkommen daheim. Was darf's sein?

Am Spieltisch bricht ein Streit aus, ein Zischen ertönt, als Stahl aus Lederhalftern gezogen wird, Schüsse knallen, und ein großer, hagerer Mann mit Haaren wie Spinnenbeine verliert das meiste von seinem Unterkiefer und alles andere obendrein, wird von der Wucht der Kugel an die Wand geschleudert und sinkt zu einem blutigen Haufen am Boden zusammen. Sieht so aus, als wär da 'n Platz für dich frei geworden, Sheriff, sagt der dünne, kleine, bebrillte Mann, der ihn erschossen hat, und steckt den rauchenden Derringer wieder in die Innentasche seines schwarzen Gehrocks. Pflanz deinen Arsch und lies 'n bisschen im Gebetbuch des Teufels.

Ich bin kein großer Leser. Was ist mit der Gefangenen?

Du meinst, diese verdammte Pferdediebin? Ha. Keine Ahnung. Er spuckt einen braunen Strahl in Richtung eines Messingspucknapfs. Der Strahl trifft, und der Spucknapf dreht sich auf seinem gewölbten Boden wie ein Kreisel. Kann sein, sie ist drüben beim Doc und kriegt 'n kleinen Einlauf, damit sie innen so sauber ist wie außen, obwohl ich mir vorstellen könnte, dass sie's gar nicht mehr braucht nach dem Geschrubbe hier.

Die anderen schnauben und johlen. Nee, ich glaub, der Doc ist mit ihr fertig, verkündet der Barkeeper, der sich einen Zahnstocher in die Lücke zwischen den tabakbraunen Zähnen gesteckt hat. Er war vorhin hier und hat die ganze Zeit an seinem Finger geschnüffelt.

Dann, sagt ein anderer lachend, haben sie sie wahrscheinlich ins Schulhaus gebracht, um sie zu vertrimmen.

Was hat das mit Pferdediebstahl zu tun?

Nichts. Das ist nur zum Spaß. Die alte Hexe hat lange genug ausgeteilt, jetzt kriegt sie ein bisschen was zurück. Alle johlen und schlagen auf den Tisch und die Theke.

Er stürmt durch die Schwingtür hinaus, das Blut pocht in seinen Augen und Ohren. Er kann sich nicht erinnern, wo der Arzt wohnt, wenn er es überhaupt je gewusst hat, also geht er zum Schulhaus. Unterwegs hört er Hämmern aus einer Werkstatt hinter dem Futtermittelladen. Ein schlaksiger Zimmermann mit vielen Haaren im Gesicht nagelt aus Kiefernholz einen Sarg zusammen. Tag, Sheriff, sagt er und richtet den Sarg auf. Ich fang gleich mit dem Deckel an. Auf das Bodenbrett ist der Umriss eines ausgestreckt liegenden Menschen gezeichnet, den man zweifellos dorthin gelegt hat, um Maß zu nehmen. Aus einem der Plakate hat man das Gesicht herausgeschnitten und an die Stelle des Kopfes geklebt, und wo die Brustwarzen wären, stecken zwei Nägel im Holz. Die Arme gehen nur bis zu den Ellbogen (vermutlich waren die Hände zwischen den Nägeln gefaltet), aber die Beine sind in ihrer ganzen gegabelten Länge nachgezeichnet. Ich schätze, der wird ihr wie angegossen passen. Was meinst du?

Ich meine, du solltest ihn verbrennen.

Das Schulhaus ist ebenfalls nicht dort, wo es nach seiner Erinnerung sein müsste, doch in der unmittelbaren Nachbarschaft findet er einen Gemischtwaren- und Werkzeugladen und geht hinein, um zu fragen, ob jemand sie gesehen hat.

Sheriff! Wo hast du bloß gesteckt?, schreit der Ladenbesitzer, ein rundlicher, krummbeiniger Kerl mit schwarzem Toupet, gerötetem Gesicht und eingedrückter Nase. Die ganze Zeit, wo du weg warst, hatten wir andauernd die wildesten Banditen hier – es war 'ne regelrechte Plage! Sieh dir an, was sie mit meinem Laden gemacht haben! Die haben meine Fenster zerschossen, meine Angestellten umgelegt, die besten Sachen geklaut und den Rest mit Blut und Pferdescheiße beschmiert! Da musst du was gegen unternehmen! Wofür ist 'n Sheriff denn sonst da, wenn nicht, um anständige Bürger zu beschützen!

Das ist 'ne Frage, wo ich im Moment auch keine Antwort drauf weiß, sagt er und starrt unverwandt in die Knopfaugen des fetten Kaufmanns. Im Moment such ich nämlich nach einer Gefangenen, die verschwunden ist.

Was? Meinst du diese verdorbene, nichtsnutzige, nacktärschige Schlampe? Die ist nicht verschwunden. Deine Jungs waren vor kurzem mit ihr hier und haben mir sämtliche Ochsenziemer und Axtstiele abgekauft – die kann sich auf einen Mordsspaß gefasst machen. Ich glaube, sie wollten zum Mietstall. Du weißt schon: zum Tatort. Er will sich zum Gehen wenden, aber der Kaufmann packt ihn am Ellbogen und hat ein geiles Grinsen auf dem Gesicht. Ich muss dir sagen, Sheriff, als sie sie hergebracht haben, hab ich was gesehen, was ich noch nie gesehen hab. Er wirft mit einem Auge einen verstohlenen Blick über die Schulter, blinzelt ihm mit dem anderen zu und beugt sich zu ihm. Sein kalt fermentierter Atem stinkt nach Schimmel und Fäulnis. Sie hat, hihi – er kichert ihm leise ins Ohr –, sie hat *geflennt*!

Er macht sich aus dem schmierigen Griff des Kaufmanns los und tritt aus dem Laden auf den hölzernen Bürgersteig. Seine Sporen klirren in der mittäglichen Stille. Er bleibt stehen und betrachtet die staubige Stadt. Keine Spur von ihnen. Sie könnten überall sein. Drüben bei der Schmiede nimmt er eine schattenhafte Bewegung wahr, aber das ist wahrscheinlich bloß sein Pferd, das sich die Beine vertritt. Er sollte einfach wieder zum Gefängnis gehen und auf sie warten, doch der weiße Kirchturm scheint ihm zu winken. Er erinnert sich, dass sie ihm einmal eine Bibel gegeben hat. Früher oder später werden sie sie dorthin bringen, sofern sie das will, und sie wird gewiss wollen. Wahrscheinlich gibt es ein Gesetz, das das vorschreibt.

In der Kirche erwartet ihn der Pfarrer oder vielmehr *ein* Pfarrer. Er steht in einem schwarzen Gehrock hinter einem Holztisch, auf dem eine Bibel, zwei Elfenbeinwürfel (auf einem dachförmig gefalteten Kärtchen daneben steht: TU BUSSE, BE-

VOR DU DAHINGEHST!), eine Pistole und ein Kollekteteller liegen. Tag, Sheriff, sagt er und legt den Finger an die Zylinderkrempe. Er ist ein großer, hässlicher Mann mit Goldzähnen und ungepflegtem, fettigem Haar, das sich in Strähnen unter dem Hut hervorschlängelt, und die beiden Gläser der runden Nickelbrille, die auf der Spitze seiner knolligen Trinkernase balanciert, sehen aus wie die Schalen einer Goldwaage. Willkommen im Haus des Allmächtigen! Du kommst gerade recht zum Abendgottesdienst.

Ich bin nicht zum Beten hier. Ich suche eine verschwundene Gefangene.

Du meinst die gottlose Pferdediebin, diese Isebel? Ist sie verschwunden? Ein lederner Vorhang hinter dem Pfarrer versperrt ihm die Sicht, aber er hört die Gemeinde nach Pietistenart rufen und schreien. Na, dann wird sie wohl da drin sein wie alle anderen Sünder.

Danke, Hochwürden, sagt er und will hineingehen, doch der Pfarrer hält ihn am Ellbogen fest. Der Hahn der Pistole ist gespannt, und der Lauf zielt auf sein Ohr. Immer langsam, Bruder. Bevor ich dich reinlasse, musst du bezahlen.

Ich sag doch, ich bin nicht wegen der Predigt hier, sondern weil ich was Sheriffmäßiges zu erledigen hab.

Ist egal. Du musst was auf den Kollekteteller legen, sonst kann ich dich nicht reinlassen.

Aber ich hab kein Geld, sagt er mit Nachdruck und starrt in die Mündung. Und ich geh jetzt da rein.

Muss ja kein Geld sein, sagt der Pfarrer, der noch immer auf seinen Kopf zielt, aber immerhin seinen Ellbogen loslässt, um an seinem verkehrtherum montierten Kragen zu zerren, damit sein Adamsapfel mehr Platz zum Hüpfen hat. Die schicken Stiefel da tun's auch.

Geht nicht. Die brauch ich noch. Würde der Pfarrer ihn in

den Rücken schießen, wenn er jetzt einfach hineinginge? Könnte sein.

Wie wär's dann mit diesem schwarzhaarigen, perlenverzierten Skalp?

Er zögert. Er weiß nicht, warum er ihn mit sich herumträgt, als wäre es eine Hasenpfote. Dabei ist er gar nicht abergläubisch. Und außerdem riecht das Ding nicht besonders gut. Na gut, sagt er, schneidet den Skalp mit dem Bowiemesser vom Revolvergurt und wirft ihn auf den Kollekteteller, wo er einen Augenblick lang zuckt und sich windet, bevor er sich einrollt wie ein toter Käfer.

Und jetzt würfeln wir um die Stiefel, wenn du Lust hast, grinst der Pfarrer goldblitzend, nimmt die Würfel und lässt sie in seiner schmutzigen Hand mit den hervortretenden Knöcheln rasseln, doch er schiebt sich an ihm vorbei durch den Vorhang und steht in der kleinen Kirche, die nur aus einem einzigen Raum besteht. Der Pfarrer ruft ihm nach: Ich bete zu Gott, dass du diese verfluchte Verbrecherin findest! Wir wollen doch nicht, dass sie im letzten Augenblick noch davonkommt und in der Hölle alle traurig sind!

In dem mit Brettern getäfelten Raum hängen schleierverhüllte Petroleumlampen, und die Luft ist verraucht und erfüllt vom schalen Geruch ungewaschener Körper und dem ekelhaften Gestank des getrunkenen, ungetrunkenen und ausgekotzten Fusels, der auf quer über die Lehnen von Kirchenbänken gelegten Brettern ausgeschenkt wird wie Abendmahlswein. Im dichten Rauch ein Tingeltangel ritueller Geräusche – Spucknäpfe scheppern, Würfel klackern, Münzen klirren, Karten klatschen, Roulettekugeln ticken, Glücksräder und Spielautomaten surren und klingeln –, und unter den erregten Rufen der verzückten Spieler werden mit einer Art leidenschaftlicher Hingabe wilde Flüche ausgestoßen, Gläser zerschmettert und

Revolver abgefeuert. Alles glatt, meine Herren?, ruft jemand, und ein anderer schreit: Ja, leck mich fett! Durch den Rauch und das Getöse kann er irgendwo die Saloon-Sängerin hören, die ein Lied über einen mythischen Helden zum Besten gibt, der mit einem meterlangen Schwanz ausgestattet war, inzwischen jedoch leider gehängt und zum Himmel aufgefahren ist. Ihre Stimme wird von der dicken Luft beinahe erstickt. Unter harsch formulierten Verboten, die das Ausspucken und Falschspielen betreffen, hängen schweißfleckige Hüte, ausgestopfte Tierköpfe, staubige Spiegel, die nichts spiegeln, sowie religiöse Bilder von toten Banditen und nackten Damen in flehender Haltung, doch der einzige Hinweis auf die Frau, die er sucht, ist eines der Plakate mit der Ankündigung der morgigen Hinrichtung, das, versehen mit obszönen Ergänzungen, über einem Pharao-Tisch an die Wand genagelt ist. FICK DIE PRITSCHE!, steht darunter, und eine grobe Skizze veranschaulicht, wie und wo das zu erfolgen hat.

Er biegt um eine Ecke (es gibt tatsächlich eine Ecke, der Raum wird kompliziert) und stößt auf einen Würfeltisch mit kleinen, eigenartig ungleichmäßig geformten Würfeln, die mehr wie Fingerknöchel aussehen, was sie wahrscheinlich auch sind. Setz dich, Sheriff, und gib deinem Arm was zu tun, sagt der stoppelbärtige, schiefmäulige Kerl mit Stirnband und erdfarbenen, verschlissenen Kleidern, der die Bank hält, ein dunkelhäutiger, wenig vertrauenerweckender Geselle, der ihm entfernt bekannt vorkommt. Sein gebrochener Arm mit der fingerlosen Hand hängt in einer Rohlederschlinge, und quer über dem unrasierten Gesicht hat er eine frische Strieme, die von einer Pferdepeitsche stammen könnte. Er kann die Sängerin nicht mehr hören; stattdessen dringt von hinten, wo das große Glücksrad steht, ein betrunken gegrölter, rhythmisch an- und abschwellender Chor an sein Ohr – also dürfte sie dort irgendwo sein. Er ist im Augenblick nicht gerade darauf erpicht, ihr zu begegnen. Na los, Sheriff, lass sie mal rollen, sagt der Bursche mit dem deformierten Kinn und schwenkt den Stumpf am Ende seines gebrochenen Arms. Die Knöchelchen da sind meine. Waren meine.

Ich hab nichts einzusetzen. Aber kenn ich dich nicht irgendwoher? Mit seiner unverletzten Hand legt das zwielichtige Subjekt einen rostigen, verbogenen Hilfssheriffstern frei, der in den Falten seiner dreckstarrenden Lumpen verborgen war. Was? Du bist mein Hilfssheriff?

War ich mal. Aber dann hab ich meine Mäuse und einiges andere bei 'nem üblen Deal an dem Tisch beim großen Rad dahinten verloren, und jetzt muss ich für den Laden hier arbeiten.

Und wo ist die Gefangene?

Tja, die haben wir auch verloren.

Verloren?

An das schleimige, falsch spielende Arschgesicht da drüben, den niederträchtigen Halsabschneider, dem die Spelunke hier gehört. Er hat mir diesen Extra-Ellbogen verpasst und mir die Knöchel abgenommen, weil ich mein großes Maul aufgerissen hab, als ich die Karte in seinem Ärmel bemerkt hab. Jetzt sieht er ihn weiter hinten, am Glücksrad, unter einer Lampe am Blackjack-Tisch thronen: einen gewaltigen glatzköpfigen und glatt rasierten Mann in weißem Anzug und plissiertem Hemd mit Stringtie und goldenen Manschettenknöpfen, der eine blau getönte Brille ganz dicht vor den Augen trägt. Er ist so reglos und bleich wie ein Stein – nur seine fetten Finger bewegen sich und teilen geschickt Karten aus. Das rhythmische Gegröle kommt aus dieser Richtung und bezieht sich vielleicht auf die Bewegungen der Karten. Dieser Hundeknochen hat uns alles abgenommen, Sheriff. Die Gefangene auch.

Da habt ihr Mist gebaut. Sie war kein Einsatz.

Weiß ich.

Was hat er mit ihr gemacht?

Na ja. Sein Ex-Hilfssheriff zögert. Ist nicht so schön. Er blickt unbehaglich über die Schulter. Geh am besten selbst mal rüber und sieh's dir an.

In seinem Herzen ist eine eisige Kälte und zugleich eine brennende Wut, und ihm ist, als könnte ihn die plötzliche antipodische Heftigkeit seiner Gefühle verrückt machen, doch er schiebt das beiseite und fasst sich und zieht den Hut in die Stirn und lässt die Hände an den Seiten hängen und richtet sich auf und senkt den Kopf ein wenig und geht gemessenen Schrittes auf den hell leuchtenden dicken Mann am Blackjack-Tisch zu. Der Raum scheint sich ausgedehnt zu haben oder sich weiter auszudehnen, und es gibt neue Biegungen und Ecken, die er umrunden muss, plötzliche Ansammlungen betrunkener, lärmender Spieler, durch die er sich drängen muss, und manchmal scheint der Blackjack-Dealer weiter entfernt zu sein als eben, doch er geht weiter und merkt, dass er sich nicht von seinen Augen, sondern von seinen Ohren leiten lassen muss (dieses Geschrei und Gejohle), und so erreicht er schließlich die Menge, die den Blackjack-Tisch umringt. Dort stellt er fest, dass das rhythmischen Grölen der Lehrerin gilt, die ausgestreckt auf das sich langsam drehende Glücksrad gebunden ist: Die schwarzen Röcke enthüllen jedes Mal, wenn sie auf dem Kopf steht, ihre weißen Knie. Er versucht nicht hinzusehen, ist aber doch gefesselt von diesem Auf und Ab, diesem Enthüllen und Verbergen der faszinierend weißen Knie, und der Bann wird erst gebrochen, als ihm bewusst wird, dass sie ihn direkt ansieht, mit einem Blick, aus dem Wut, Demütigung und verzweifeltes Flehen sprechen. Die Wirkung ist am stärksten, wenn sie auf dem Kopf steht und das Geschrei am lautesten ist: Die dunklen Brauen wirken dann wie Unterstreichungen, wie kummervolle Augenringe, die Nase mit den geblähten Flügeln wächst wie ein stoßbereites Horn aus ihrer Stirn, und die entblößten Knie erscheinen ihm wie ein bitterer Gedanke und ein Tadel.

Er geht weiter, obgleich er noch nicht weiß, was er tun wird, doch bevor er den Tisch erreicht hat, stößt ein großer, glatzköpfiger Mann mit auftätowierten Haaren die anderen beiseite, wirft einen wildledernen Beutel auf den Tisch und setzt sich. Und jetzt ein paar Karten her, du betrügerischer Schleimscheißer!, brüllt er herausfordernd und betrunken und zwirbelt die Enden seines geschwungenen Schnurrbarts. Er hat ihn vorhin gesehen, als er den Galgen ausprobiert hat – allerdings hat der Mann inzwischen ein Holzbein bekommen. Sein Partner, der einohrige Mestize, hat eine Bärenkralle durch die Nase gezogen und eine Feder in das Stirnband gesteckt und steht in der Nähe; unter seinem ausladenden Bauch klafft der offene Hosenbund. Ich werd jetzt diese Karussellmöse für meinen Kumpel und mich gewinnen, und ich will keinen Beschiss und Betrug, keine Tricks und Kniffe, keine Tacken und Zacken und keinen faulen Zauber sehen und schon gar nicht irgendwelche Zinken oder Finken, kalte Karten, heiße Karten oder feuchte Luschen, ganz zu schweigen von Wunderkarten und Kartenwundern und geölten Kanonen, verstanden? Und jetzt misch die Dinger und gib mir 'ne Hand voll.

Der Spieler, der die Karten in seinen glatten, weichen, edelsteingeschmückten Händen hält wie ein Mönch sein Gebetbuch, hat sich diesen Ausbruch mit heiterem Gleichmut angehört. Sein kahler Kopf ruht wie ein Berg Schlagsahne auf den vielen Wulsten des Kinns, und seine Augen sind hinter den himmelblauen Gläsern der Brille verborgen, die so dicht vor dem Gesicht sitzt, als wäre sie darauf geklebt. Diese getönten Gläser dienen, wie er weiß, dazu, die Markierungen auf den Rückseiten der gezinkten Karten zu erkennen, in den glänzenden Ringen (sicher ist auch einer mit einer vergifteten Spitze dabei) spiegeln sich die ausgeteilten Karten, und Ärmel und Leinenweste des Mannes bauschen sich über den Apparaturen, die stets die gewünschte Ersatzkarte bereithalten. Wenn er, mit so sparsamen Bewegungen, dass sie fast nicht zu sehen sind, die Karten mischt, abhebt und austeilt, scheint er mindestens drei verschiedene Packe zu benutzen und zwei davon miteinander zu verschneiden, und wenn er gibt, kommen die Karten immer von der Unterseite des einzigen Spiels, das man sieht, oder zumindest nicht von der Oberseite.

Der Mann mit den zusammengekniffenen Augen und den auftätowierten Haaren springt auf und stößt mit dem Holzbein seinen Stuhl um. Ich bin gerade zu dem einstimmigen Urteil gekommen, dass du bescheißt!, ruft er, während der Spieler den ledernen Geldbeutel gelassen auf den Haufen seiner anderen Gewinne schiebt und die Karten nimmt, um sie neu zu mischen, und zwar so elegant, dass der Pack wie ein kleines, unruhiges Tier wirkt, das zwischen seinen weichen bleichen Händen gefangen ist. Hinter ihm dreht sich die ans Glücksrad gefesselte Lehrerin erbarmungslos weiter, auch wenn das rhythmische Gejohle jetzt, da der Glatzkopf auf den Beinen oder vielmehr dem Bein ist, langsam verstummt.

Pass auf, Partner, flüstert der einohrige Mestize, der eine Hand in die Hose gesteckt hat. Er spuckt über seine Schulter, nicht in die Richtung des Spielers. Der Typ ist verdammt schnell. Leg dich nicht mit ihm an. Ist einfach nicht ratsam.

Halt's Maul, du feiger Klopsbauch, und mach mir Platz!, brüllt der Glatzkopf. Er steht breitbeinig, schwer auf das Holzbein gestützt, vor dem bebrillten Spieler, die Schultern angespannt, die Ellbogen nach außen, die Hände nur einen Zentimeter von den Revolvergriffen entfernt. Jetzt zeig mal, was du draufhast, du Wagenladung Pferdescheiße!

In der Brust des Glatzkopfs erscheint ein Loch, als wäre ein Pfahl hineingetrieben worden. Die Wucht des Aufpralls wirft ihn rücklings in die Menge. Der Spieler hat gezogen, gefeuert und seinen Revolver wieder eingesteckt, ohne das unablässige beidhändige Mischen der Karten auch nur für einen Augenblick zu unterbrechen. Er legt den Pack auf den Tisch und breitet die plumpen Hände aus, als wollte er sagen: Hat noch einer von euch Trotteln Lust, sein Glück zu versuchen?

Er überzeugt sich davon, dass der Sheriffstern gut zu sehen ist, rückt Hut und Revolvergurt zurecht und tritt in den Lichtkreis, den der Mann mit dem Holzbein und den auftätowierten Haaren so abrupt verlassen hat. Ohne den Spieler aus den Augen zu lassen, hebt er den Stuhl auf und stellt ihn vor den Blackjack-Tisch, setzt sich jedoch nicht. Ich will meine Gefangene zurück, sagt er ruhig. Er hat jetzt so eine Ahnung, die sich immer mehr bestätigt, je länger er den Spieler mustert. Sie war kein legaler Einsatz, und das wusstest du auch. Möglicherweise werd ich diesen Laden hier schließen müssen.

Sein unrasierter Ex-Hilfssheriff mit dem kaputten Arm beugt sich zu dem Spieler hinunter, der ihm, obwohl die dicken Lippen sich nicht bewegen, etwas in sein verknorpeltes Ohr zu flüstern scheint. Er sagt, er glaubt nicht, dass du das bringen wirst, sagt der Ex-Hilfssheriff mit dem schiefen Mund. Hinter dem gewaltigen fetten Mann kommen die weißen Knie der sich drehenden Lehrerin wie zwei strumpfgekrönte Puppen in Sicht und verschwinden dann hinter dem Vorhang ihrer Röcke, immer und immer wieder, doch er zwingt sich, nicht darauf zu achten und sowohl sie selbst als auch ihren bohrenden Blick zu ignorieren, denn er darf jetzt nur an diese einzige Sache denken. Er sagt, wenn du diese verbrecherische Pferdediebin zurückhaben willst, solltest du dich hinsetzen und mit ihm um sie spielen.

Kann ich nicht. Ich hab keinen Einsatz. Ja, jetzt ist er sicher. Darum also sitzt der Mann so still: Er lauscht. Er lauscht auf alles. Seine Ohren tasten noch das leiseste Geräusch ab, ganz so wie seine rosigen, mit Schleifpapier bearbeiteten Fingerspitzen die Karten befühlen. Die Augen hinter diesen blauen Brillengläsern sind blind.

Und wie wär's mit deinen Stiefeln?, schlägt der Ex-Hilfssheriff vor. Oder den Revolvern? Er schüttelt den Kopf. Der Ex-Hilfssheriff flüstert dem Dicken etwas ins Ohr und neigt dann den Kopf, um die Antwort zu hören. Er sagt, ihm soll's recht sein. Er sagt, dann eben dein Leben. Deins gegen ihrs.

Ha. Na ja, warum nicht?, sagt er, zuckt die Achseln und setzt sich auf die Stuhlkante, damit seine Stimme in der richtigen Position ist. Ist sowieso keinen Furz wert. Der Anflug eines Lächelns scheint über das Gesicht des dicken Mannes zu huschen, und die zum Leben erwachten Karten flattern zwischen seinen Händen wie eine eingesperrte Meise oder ein auf der Stelle schwebender Kolibri. Er legt die Sporen ab, damit ihr Klirren ihn nicht verrät, und dann lässt er seine Stimme zurück und steht lautlos auf, um sich hinter den Spieler zu stellen. Wir spielen ganz normales Stud Poker, sagt seine Stimme. Aber offen. Ich will keine Heimlichkeiten. Der Spieler bietet dem leeren Stuhl den Pack zum Abheben an. Schon gut, Mister – teil sie einfach aus. Es ist totenstill, als er langsam um den Tisch geht. Man hört nur das Knarzen und Ticken des Glücksrads, und alles Gemurmel ist verstummt, was den Spieler vielleicht irritiert, auch wenn er es sich nicht anmerken lässt. Mit kaum wahrnehmbaren Bewegungen deckt er für den leeren Stuhl einen Buben und für sich selbst einen König auf. Sieht so aus, als ob du mir damit was sagen willst, sagt seine Stimme aus der Richtung des Stuhls. Er spricht weiter, um etwaige Geräusche, die er macht, zu überdecken. Das hat ihm mal ein alter Hirschjäger beigebracht – eine Methode, das Wild, an das man sich anschleicht, zu verwirren. Ein einfacher Trick, so leicht, dass er sich später wunderte, warum er ihn nicht schon immer beherrscht hatte. Aber zwei von diesen jungen Draufgängern stecken einen ausgelutschten alten Knacker jederzeit in die Tasche, fügt seine Stimme großspurig hinzu, als ein zweiter Bube dazukommt, selbstverständlich gefolgt von einem zweiten König. Na so was, sagt seine Stimme. So ein Pech aber auch. Da brauch ich wohl noch einen von diesen Burschen, damit ich dabeibleib. Und den kriegt er auch, worauf allerdings sogleich der dritte König aufgedeckt wird. Er steht jetzt hinter dem Spieler und betrachtet dessen schimmernde, blasenförmige Glatze. Jetzt seht euch das an, sagt seine Stimme, als der vierte Bube auf dem Tisch liegt. Ich schätze, wenn nicht noch ein Wunder passiert, gehört die Gefangene wieder mir. Als der Spieler den vierten König hinlegt, zieht er leise sein Bowie-Messer aus der Scheide. Der Kopf des Spielers zuckt ein wenig – vielleicht hat er etwas Ungewöhnliches gehört und will sein Ohr diesem Geräusch zuneigen –, also fährt seine Stimme fort: Das ist ja ’n Ding! Vier Buben! Vier Könige! Aber wir sind noch nicht fertig. Du schuldest mir noch ’ne Karte. Ich hab erst vier. Der dicke Mann zögert, neigt sich ganz leicht der Stimme zu und wirft fast ein bisschen ungeduldig eine schwarze Dame hin, die wie eine Provokation zwischen den beiden Gruppen bewaffneter Adliger liegen bleibt. Da haut’s doch dem Fass den Boden raus!, ruft seine Stimme. Wo kommt denn der fünfte Bube her? Der Spieler stutzt und scheint nach der Karte oder der Pistole greifen zu wollen, beherrscht sich aber und deckt, nach einem winzigen Zögern, einen fünften König auf. Ha!, sagt seine Stimme. Bloß ’ne armselige Zwei. Jetzt hab ich dich, Alter! Und als der andere die Pistole zieht und den Stuhl über den

Haufen schießt, stößt er ihm das Messer tief in den Hals und zieht es durch die dicken Fettschichten, als rührte er in einem Eimer Schmalz.

Der Mann fällt nicht vom Stuhl, sondern bleibt fett und breit sitzen wie zuvor. Sein Kopf neigt sich etwas nach vorn, als wäre er enttäuscht, die blaue Brille rutscht auf der Nase hinunter und enthüllt die runzligen Höhlen, in denen einst seine Augen lagen. Die Hand mit der Pistole zuckt und gibt noch einen Schuss ab, der eine Deckenlampe zerschmettert, worauf alle sofort in Deckung gehen, doch dann dreht sie sich mit der Fläche nach oben, und die Waffe fällt zu Boden, als wäre sie ein Stück Abfall. Aus der durchgeschnittenen Kehle sickert eine weiße, fettige Flüssigkeit, die sich langsam rosa färbt. Er wischt die Klinge an der Schulter des weißen Leinenanzugs ab und löst dabei einen Mechanismus aus, der ein paar Asse aus dem Ärmel flattern lässt. Sorgfältig steckt er das Messer in die Scheide, ohne die anderen Männer aus den Augen zu lassen, die sich jetzt aufrappeln und die neue Situation überdenken. Er ist sich nicht ganz sicher, wie sie reagieren werden und was dieser Spieler für sie bedeutet hat, und um alle etwaigen aufrührerischen Gedanken zu zerstreuen, sagt er: Sieht so aus, als wären da ein paar Gewinne frei geworden.

Das löst den üblichen Tumult aus, und während alle beschäftigt sind, hält er das Glücksrad an, um die Lehrerin zu befreien. Als er ihre Handgelenke losbindet, rechnet er beinahe mit einer abermaligen Ohrfeige, doch stattdessen fällt sie in Ohnmacht und sinkt über ihm zusammen, wobei ihre Hände ihm sanft auf den Hintern klatschen, sodass ihr ganzes Gewicht auf ihm liegt, während er die Fesseln an ihrer Taille und den Knöcheln löst. In der Kirche geht es jetzt hoch her: Revolver und Messer werden gezogen, Fäuste werden geschwungen, Flaschen fliegen durch die Luft, und so macht er sich schleunigst davon, wobei er die Lehrerin wie eine Satteltasche über die Schulter wirft. Erfreulicherweise schrumpft der Raum auf dem Weg zum Ausgang, sodass sich die Zeit, die sie brauchen, verkürzt. Bevor er hinaustritt in die Nacht, wirft er über seine freie Schulter einen letzten Blick zurück auf das Durcheinander (immerhin ist dies seine Stadt, und das hier sind, so viel er weiß, die einzigen Leute, die ihm je nahe gestanden haben, und er ist im Begriff, sie für immer zu verlassen). Durch den Rauch sieht er den toten Spieler, der noch immer wie eine uralte, melancholische Ruine unter der brennenden Lampe sitzt und dessen blau bebrillter, haarloser Kopf langsam im Schlick seines Halses versinkt.

Unter einem mit schwach pulsierenden Sternen übersäten Baldachin schreitet er durch die verlassen daliegende Stadt und pfeift leise nach seinem Pferd. Eine Hand umfasst einen schlaffen, zarten Oberschenkel, die andere liegt in den unter Röcken verborgenen Kniekehlen der Lehrerin. Das Tohuwabohu wird wohl nicht lange auf die Kirche beschränkt bleiben, doch seine Hoffnung, diesen Ort schnell verlassen zu können, schwindet rasch dahin. Sein erster Weg führte ihn zur Schmiede, wo er die schwarze Stute zuletzt gesehen hat, doch der Schuppen war nicht da, wo er seiner Erinnerung nach hätte sein sollen; an seiner Stelle fand er das Gefängnis, vor dem der Galgen errichtet war, und so ging er in Richtung Mietstall, landete jedoch abermals beim Gefängnis. Die Lehrerin wurde ihm zu schwer, und so beschloss er, sie in der Schule zu verstecken, bis er die Stute oder irgendein anderes Pferd (oder besser noch zwei) aufgetrieben hätte, war aber bald wieder vor dem Galgen und dem Gefängnis angekommen – oder sie vor ihm. Da steht er nun leise pfeifend in der stillen Dunkelheit vor der Richtstätte, und in seiner Brust steigt Ärger auf (wo ist der verdammte Gaul?). Er versucht sich zu orientieren, drückt die Wange an ihre weiche Hüfte und umarmt ihre Beine, als wären sie die eine Gewissheit, an die er sich noch klammern kann. Eines der Plakate, auf dem die Hinrichtung der Lehrerin für morgen um zwölf Uhr mittags angekündigt ist, hängt an der Plattform des Galgens, doch im schwachen Sternenlicht scheint die ernste Strenge ihres Gesichtsausdrucks gemildert, als habe sie sich dem Schicksal, das sie erwartet, ergeben. Er ist entschlossen, sie davor zu bewahren – würde man ihn fragen, warum er hierher gekommen ist, so würde er jetzt dies als Grund angeben –, und es ist, als hätte das Porträt das erkannt und sähe ihn darum nicht mit Empörung, sondern voller Hoffnung an. Wie er diese Rettung bewerkstelligen soll, ist ihm allerdings noch immer nicht klar, und das mag die leise Verwirrung erklären, die er auf dem porträtierten Gesicht zu erkennen glaubt: Der Blick ist flehend, die Lippen sind leicht geöffnet, als wollte sie eine Frage stellen oder als erwarte sie einen Kuss. Einen Abschiedskuss? Er spürt ein Brennen in den Augenwinkeln und etwas Feuchtes, von dem er annimmt, dass es Tränen sind. Er darf sie nicht enttäuschen. Er wendet sich von dem schrecklichen Gerüst mit der Schlinge ab, das sich vom Nachthimmel abhebt, und dann drückt er, der einsame Wolf, der heimatlose, wurzellose Revolverheld, der freie, rastlose Mann, der nichts und niemand verantwortlich ist, seine Lippen ehrfürchtig auf den weichen Körper, den er auf der Schulter trägt, richtet den Blick an dem geliebten schwarzen Hügel ihrer Hüfte vorbei auf die flackernden Sterne am mondlosen Himmel und denkt: Ich bin ganz und gar verloren und nicht der, der ich zu sein glaubte.

Er will sich gerade wieder auf die Suche nach seinem Pferd oder einem Versteck machen, als er hört, wie sich hinter ihm die Tür der Kirche öffnet und die Männer lärmend auf die

Straße strömen. Es ist keine Zeit zu verlieren; sie scheinen sich rasch und aus allen Richtungen zu nähern, wobei sie begeistert fluchen und lästern und in die Luft feuern. Er rennt schwerfällig über die Straße und weiß sich verfolgt – der Kopf der Lehrerin klopft schlaff an seinen Rücken (er denkt jetzt nicht an den flehenden Blick und die geöffneten Lippen, weiß aber, dass er es bestimmt wieder tun wird). Als er das Gefängnis erreicht hat, behindert ihn die Last so sehr, dass es ihm nicht gelingt, den Riegel vorzulegen, bevor die Männer hereingestampft kommen und ihn zurückstoßen.

Mann, Sheriff! Nun sieh sich mal einer an, was du da hast!

Ha! Wenn das kein hübscher Anblick ist!

Hat den Hauptgewinn gezogen, unser Sheriff!

Sie zünden die Lampen an und bilden einen Kreis. Der Raum ist voller Männer, die mit rauen Stimmen ihrer Bewunderung für die Frau über seiner Schulter Ausdruck geben und die Hände ausstrecken, um ihren leblosen Körper zu befingern oder mit fettigen Revolverläufen danach zu stoßen. Er wehrt sie ab, so gut er kann, weicht zur Zellentür zurück und überlegt, welche Möglichkeiten ihm bleiben. Wahrscheinlich keine.

Wir hatten schon Angst, du verpasst die Party morgen!

Hast du gut gemacht, Sheriff! Streng nach Recht und Gesetz!

Warum nimmst du dir jetzt nicht schön einen zur Brust und ruhst dich aus für den großen Tag?, sagt ein zahnloser, froschäugiger Buckliger mit einem zeltartigen weißen Leinenjackett, an dessen Revers ein auf dem Kopf stehender Hilfssheriffstern steckt. Wir kümmern uns schon um die Gefangene.

Nein, sagt er. Früher hätte er sich einfach den Weg frei geschossen oder es jedenfalls versucht, aber das geht jetzt nicht. Lasst sie in Ruh. Sie wird nicht gehängt.

Was?

Ich lass sie laufen.

Das kannst du nicht tun, Sheriff! Dazu hast du kein Recht!

Wir haben extra einen neuen Galgen für sie gebaut!

Mussten den halben Futtermittelladen abreißen, weil nicht genug Holz da war!

Kann ich nicht ändern. Sie hat nichts getan. Ich hab den Gaul geklaut.

Was?

Die Männer weichen zurück, und ihre gut gelaunten Gesichter verfinstern sich, während der Oberschenkel der Lehrerin unter seiner Hand zuckt und sich anspannt, als hätte sein karges Geständnis sie aus der Ohnmacht geweckt. Lassen Sie mich hinunter, verlangt ihre eisige Stimme hinter seinem Rücken, und alle Weichheit scheint aus ihrem Körper gewichen zu sein. Sofort, wenn ich bitten darf.

Verdammt, murmelt einer und spuckt, wie um seine Bemerkung zu unterstreichen, in die Zelle hinter ihm. Sieht so aus, als müssten wir das Bild auf all den Scheiß-Plakaten ändern.

Er geht in die Knie und stellt ihre Füße auf den Boden. Die übellaunigen Männer kommen wieder näher und lassen ihn nicht aus den Augen, und sie richtet sich auf und stützt sich dabei kurz auf seine Schulter – eine Berührung, für die er, auch wenn sie lediglich zweckdienlich ist, Dankbarkeit empfindet. Er bleibt einen Augenblick lang knien, als wollte er sie um Gnade bitten, was er vielleicht sogar tut, doch sie dreht sich gleichmütig und ohne ein weiteres Wort auf dem schwarzen Absatz um und geht mit vor der Taille gefalteten Händen zur Tür. Die Männer nehmen die Hüte ab und weichen zurück, um ihr Platz zu machen. Es ist nicht seine Gewohnheit, ein Schweigen zu brechen, doch angesichts der schrecklichen, endlosen Stille, die ihn nun erwartet (und der er sich, wenn sie gegangen ist, mit dem wortkargen Stoizismus stellen wird, der sein Wesen ist, für den er bekannt ist, der das Einzige ist, was er von sich selbst kennt), kann er nicht an sich halten. Sie haben mir da noch nicht mal für gedankt!, ruft er ihr nach.

An der offenen Tür dreht sie sich um, eingerahmt von der samtig schwarzen Nacht. In ihrem Blick liegt nicht viel Zuneigung, aber schon die Tatsache, dass er nicht das Ziel ihres ungerechten Zorns ist, gibt ihm Anlass zur Hoffnung. Sie haben mir noch nicht mal *dafür* gedankt, sagt sie leise, aber betont.

Nein? Er ist ein wenig verwirrt, weiß aber wohl, dass er ihr eine Menge schuldet. Er erhebt sich und nimmt, wie die anderen, den Hut ab. Tut mir Leid, Mam. Aber Sie auch nicht.

Sie seufzt und schüttelt den Kopf. Wofür sollte ich mich denn bei Ihnen bedanken?

Na ja. Sie wissen schon. Für das, was ich gerade getan hab. Dass ich Ihnen das Leben gerettet hab.

Ich habe das Pferd nicht gestohlen. Sie haben nur Ihre Pflicht getan.

Nein. Es fällt ihm schwer, dem unverwandten Blick ihrer Augen standzuhalten, die, wie ihm jetzt scheint, die Farbe von Gusseisen haben, und so konzentriert er sich auf den dunklen Schönheitsfleck auf ihrer Wange, der wie ein Muttermal aussieht. Das war nicht der Grund, wegen dem ich das gemacht hab.

Das war nicht der Grund, *dessentwegen* Sie das getan haben.

Nein, Mam.

Und was, bitte schön, *war* dann der Grund?

Weiß nicht.

Ich weiß es nicht.

Nein, Mam. Ich auch nicht.

Sie seufzt, und obgleich sie noch immer finster blickt, ist in diesem Seufzer mehr Zärtlichkeit, als sie ihm bisher hat zuteil werden lassen.

Wisst ihr was? Ich glaub, der Sheriff hat was für die Lehrerin übrig!

Im Ernst?

Untadelig und tugendhaft verharrt sie in der offenen Tür und mustert ihn einen Augenblick lang, und dann schmilzt ihre strenge Selbstgerechtigkeit, und sie kommt zögernd, mit wispernden schwarzen Röcken, auf ihn zu und bleibt im Licht der Lampe vor ihm stehen, sanft und mit geneigtem Kopf, um seinen unstet schweifenden Blick einzufangen, als wollte sie ihn flehentlich bitten, sie anzusehen, was er, während ihn eine schreckliche Schwäche ergreift, auch tut.

Tja, aber hat die Lehrerin auch was für ihn übrig?

Ha! Wenn ja, dann weißt du ja wohl, wo!

Halt's Maul! Ich glaub, er will sie küssen!

Was? Kann ich nicht glauben!

Ebenso wenig wie er selbst. Er sieht nichts anderes als diesen neuen Anblick – ihre glatte Stirn, ihren forschenden Blick, ihre feuchten, leicht geöffneten Lippen –, brandneu und bis zu diesem Augenblick vollkommen unvorstellbar, und doch so vertraut, dass er das Gefühl hat, dieses ihm so einladend zugewandte Gesicht schon sein ganzes Leben lang vor sich gesehen zu haben. Er schließt die Augen und beugt sich vor und glaubt, endlich gefunden zu haben, was er so lange gesucht hat.

Da geht er ab!

Jetzt kommen wir nicht drum rum, ihn aufzuhängen!

Eben legt sich die Wärme ihres Atems feucht auf seine ausgetrockneten Lippen, als eine unvermittelte, heftige Explosion das Gefängnis erschüttert. Reflexartig schiebt er die Lehrerin beiseite, fährt herum und zieht die Revolver: Es ist die schwarze Stute, die, mit wild geweiteten Augen und doppelt so groß wie sonst, hereinstürmt und dabei den Türrahmen und einen Teil der Wand mitnimmt. Die Fensterscheiben zerbersten von der Wucht ihres Ansturms, und die Männer stürzen übereinander, um sich vor ihren wütend wirbelnden Hufen in Sicherheit zu bringen.

Achtung! Die Verbrecherstute!, schreien sie. Sie dreht durch!

Die Lehrerin ist in der offenen Zellentür hinter ihm zu Boden gefallen und umklammert seine Beine. Er pfeift, um die Stute zu beruhigen, aber das scheint ihre Wut nur noch zu vergrößern. Sie bäumt sich auf, sodass ihr Kopf mit dem schäumenden Maul und den geblähten Nüstern die Decke berührt, lässt sich dann schwer auf die Vorderhufe fallen, zerstampft alles, was ihr in die Quere kommt, und wirbelt Scherben, Staub und Holzsplitter auf.

Pass auf!

Hilfe! Ich seh nichts mehr! Ich glaub, ich hab 'n Splitter im Auge!

Sie hat mir das Bein gebrochen!

Der bucklige Hilfssheriff mit dem weißen Jackett greift sich ein Lasso, das an einem Nagel hängt, und wirft der Stute mit einem Grunzen die Schlinge um den Hals, doch sie steigt und schlägt ihm mit einem einzigen Huftritt den Schädel ein, sodass alle mit Blut und Hirnmasse bespritzt werden und auf dem krummen Hals des Hilfssheriffs nur noch ein zahnloser Unterkiefer sitzt, der dort hängt wie ein Stück Melonenschale.

Tu doch was, Sheriff! Pack diesen Satansbraten, bevor er uns alle umbringt!

Erschieß das verdammte Biest! Worauf wartest du noch?

Vor ihm steht das schäumende Tier mit den blutunterlaufenen Augen, hinter ihm ist die leere Zelle, und er kann sich nicht vom Fleck rühren, weil die Lehrerin ihn mit ihren Armen umklammert. Seine beiden Revolver zielen auf die wild rollenden Augen der Stute, aber obwohl sie ihm diesen einzigartigen Augenblick mit der Lehrerin verdorben hat, bringt er es nicht über sich, auf sie zu schießen, denn ein Pferd wie dieses hat er noch nie besessen, und er will sie nicht durch eine übereilte Entscheidung verlieren. Besonders jetzt nicht, da er sie vielleicht am dringendsten braucht. Sie schnaubt und wiehert, schüttelt furchterregend die schwarze Mähne, schlägt mit einem Vorderhuf auf den Boden und scheint dabei auf seine Beine zu zielen, zwischen denen die Lehrerin, die hinter ihnen kauert, ängstlich hindurchsieht. Sie bäumt sich wieder auf, ihre Vorderhufe wirbeln, die Hinterhufe tänzeln vorwärts, ihr Wiehern ist eher wie ein schauerlicher Schrei, und dann drischt sie krachend (die Lehrerin kreischt) auf die Gitterstäbe der Zelle rechts und links von ihm ein.

Sie ist hinter der Lehrerin her!

Gib sie raus, Sheriff! Mach das Biest nicht noch wilder, als es sowieso schon ist!

Hör auf mit der Scheiße, verdammt nochmal!, schreit er das rasende Pferd an. Zurück! Wenn du auf einem rumtrampeln willst, du ekelhafte, verblödete Mähre, dann trampel auf mir rum! Die Stute schnaubt, stampft auf, biegt den Kopf so weit zurück, dass er nur noch die schwarze Kehle sieht, und stößt ein Wiehern aus, das mehr wie ein bebendes Geheul klingt. Dann lässt sie den Kopf zwischen die Beine sinken, sieht ihn unter dem Pony hervor inständig bittend an und scharrt mit einem Huf auf den Bodenbrettern. Schon besser, sagt er. Und jetzt verschwinde. Sie schüttelt den Kopf und bleckt die Zähne, und der Blick ihrer feuchten Augen ist jetzt eher bekümmert als trotzig. Wird's bald? Er senkt einen der Revolver und feuert einen Schuss ab, der den äußersten Rand ihres Hufs streift. Sie hebt den Fuß, beugt sich hinunter und betrachtet die Kerbe, setzt den Fuß wieder auf den Boden, dreht sich, nach einer schmerzerfüllten Pause, um und trottet langsam und mit gesenktem Kopf hinaus. Irgendeiner schießt auf sie. Sie strauchelt, hält inne und geht entschlossen weiter. Ermutigt greifen die anderen Männer zu den Waffen, ballern wild drauflos, während sie vorbeischreitet, und folgen ihr durch das Loch in der Wand, wo früher die Tür war, wobei sie laut fluchen und einen Schuss nach dem anderen abgeben.

Er hilft der Lehrerin auf und empfindet für sie dieselbe Zärtlichkeit wie zuvor, umso mehr, als einige Knöpfe ihres hoch geschlossenen Mieders sich geöffnet haben und die von diesem Kleidungsstück umhüllte, flüchtig erspähte weiße Haut einen süßen, pudrigen Duft verströmt, der seine Artikulationsfähigkeit wirkungsvoller lähmt, als es der Angriff der Stute oder irgendeines anderen je vermöchte. Ihre Hand jedoch gleicht einer starren Klaue, die sogleich zurückgezogen wird – offenbar ist sie nicht mehr romantisch gestimmt. Warum haben Sie das bösartige Biest nicht erschossen?, ruft sie. Das ist genau das, was die Männer auf der Straße gerade tun: Das Knattern ihrer Salven klingt wie ein Feuerwerk, und zum zweiten Mal innerhalb kurzer Zeit trübt etwas Feuchtes seine Sicht. Sie wollte mich umbringen!

Ich weiß nicht, seufzt er. Ich hab gedacht, vielleicht kann ich sie beruhigen, und dann können wir mit ihr von hier verschwinden.

Was? Diese Stadt verlassen? Dummkopf! Das brächte ich niemals über mich! Und außerdem, fügt sie hinzu und starrt kochend vor Wut auf seine neuerlich benetzten Wangen, ist das auch nicht der wahre Grund.

Er erwidert nichts, und sie ohrfeigt ihn – so fest, dass sein Hut zu Boden fällt und ihr dunkler Haarknoten verrutscht. Von draußen ertönt ein Getöse, als würde die ganze Stadt auseinander genommen, und das entspricht genau dem Gefühl in seiner Brust, denn er hat die rotblonden Strähnen bemerkt, die unter den aufgesteckten schwarzen Haaren zum Vorschein gekommen sind.

Und dann erstirbt der Lärm plötzlich, und die Männer drängen wieder ins Gefängnis, erhitzt und berauscht von der Erregung des Tötens. Sie erscheinen ihm wie verschwommene Schemen aus Hüten, Haaren, Nasen.

Mann, Sheriff! Du kannst dir nicht vorstellen, was diese verrückte Stute mit deinem Galgen gemacht hat!

Hat das ganze Ding in 'n Haufen Zahnstocher verwandelt!

Ich sag dir, so was hab ich noch nie gesehen!

Sie war 'ne regelrechte Behinderung der Justiz!

Und dabei sah sie da schon aus wie 'n Sieb!

Sie hat nicht versucht zu fliehen. Als ob sie einfach völlig fertig wär und bloß noch den Löffel abgeben wollte.

War aber gar nicht so einfach! Ich dachte schon, wir schaffen's nie, sie umzulegen!

Ich hab das Vieh mit allem vollgepumpt, was ich hatte!

Verdammt, das war schon ein toller Gaul!

Jetzt müssen wir dieses Mistding wieder aufbauen, damit wir den blöden Cowboy da hängen können.

Ach was, das kriegen wir nie rechtzeitig hin, dafür hat das Biest schon gesorgt. Wenn ihr mich fragt, vergessen wir die ganze Sache und besaufen uns.

Gute Idee, Hombre. Ich könnte jetzt 'n kleinen Schluck vertragen.

Klar!, rufen alle. Lassen wir ihn laufen. Er hat ja sowieso kaum was gemacht.

Nein, Jungs, sagt die Saloon-Sängerin, nimmt den schwarzen Haarknoten ab und schüttelt die rotblonden Locken.

Eine Brust mit rubinrot geschminkter Warze schlüpft aus

dem aufgeknöpften Mieder. So geht das nicht. Dieser dreckige Schuft hat das Gesetz gebrochen, und dafür muss er bezahlen.

Ach, Belle, er ist doch bloß 'n Mörder, Pferdedieb, Viehdieb, Zugräuber und Falschspieler – was ist denn da schon dabei?

Der Hurensohn hat mich sitzen lassen, sagt sie erbittert. Hängen ist noch zu gut für ihn.

Die Männer sehen einander lustlos an und lassen die Schultern hängen. Scheiße. Im Ernst, Belle?

Im Ernst.

Na gut. Dann werd ich mal 'nen Hammer und 'n paar Nägel holen.

Das Zeug da draußen ist bloß noch Brennholz. Da müssen wir wohl den Mietstall auseinander nehmen und ganz von vorn anfangen.

Tut mir Leid, Sheriff, sagt ein Alter mit Hilfssheriffstern, tiefen Augenringen und einer Narbe, die wie eine Wäscheleine für seinen Bart quer über die Nase von einem Ohr zum anderen verläuft, aber da ist wohl nichts zu machen. Er nimmt ihm den Sheriffstern und die Revolver ab. Dann beweg deinen armseligen Arsch mal in die Zelle da oder vielmehr in das, was davon übrig ist, und mach keinen Scheiß. Wir tun inzwischen, was wir tun müssen.

Was ist überhaupt mit ihm los, Hilfssheriff?, fragt einer, und alle mustern ihn. Er sieht zu, wie sie den Rubin in die durchbohrte Wange steckt, und denkt darüber nach, dass er die Finger vom zivilisierten Leben hätte lassen sollen und dass der Gedanke, er könnte es mal damit versuchen, eine Schwäche und ein Fehler war – ein tödlicher, wie ihm scheint. Der Junge sieht ja aus, als hätte ihm 'n Maultier in die Eier getreten.

Muss wohl an Belle liegen – so wie sie ausstaffiert ist …

Und jetzt gibt es den Horizont, der dort draußen immer auf

ihn gewartet hat, nicht mehr, und auch der weite Horizont vor seinem inneren Auge ist zu einem Nichts zusammengeschrumpft.

Du wirst mir fehlen, Schätzchen. Die Sängerin lächelt und verstaut ihre Brust wieder im Lehrerinnenmieder, knöpft es aber nicht zu. Ist nicht jeden Tag, dass einer wie du hier durchkommt.

Es *kommt* nicht jeden Tag *vor*, korrigiert er sie, geht in die Zelle und legt sich auf die nackten Drahtfedern der Pritsche.

Nein, ha! Sie lacht. Alle lachen. Da kannst du einen drauf lassen!

Er erinnert sich, dass er, als die Männer hinausgingen, um den Galgen wieder aufzubauen, auf der Pritsche lag, durch das Zellenfenster blickte und sah, dass die Sterne sich sammelten und über das Firmament wirbelten wie himmlische Staubteufel. Er dachte: Da zieht ein schwerer Sturm herauf. Eine Zeit lang herrschte eine Stille, die so massiv war, dass sie seinen Ohren wehtat, und ihm fiel ein heißer Tag ein – damals, als er noch allein unter sengender Sonne durch die Wüste gezogen war. Damals hatte sich auch eine solche Stille herabgesenkt, und dann war eine große Gruppe indianischer Krieger vorbeigaloppiert, ohne Sattel, ohne Zügel, mit hoch erhobenen Köpfen, den Blick starr nach vorn gerichtet, als würden sie von etwas, das er nicht sehen konnte, zum Horizont gezogen, und die Hufe ihrer Pferde hatten eine riesige Staubwolke aufgewirbelt, jedoch nicht das leiseste Geräusch gemacht. Während sie vorbeirasten, hatte er bemerkt, dass ihre Lippen mit Rohlederriemen vernäht waren, dass sie eigenartige Piktogramme auf Brust und Stirn tätowiert hatten und dass in ihrer Haut die Zähne und winzigen Knochen von Tieren steckten, und er hatte begriffen: Sie galoppierten in das Vergessen und nahmen die

Geheimnisse des Universums mit sich, und diese Geheimnisse, obgleich nicht besonders interessant, waren die einzigen Geheimnisse, die es gab, und er würde sie nicht erfahren. Ein tosender Fluss war ihnen gefolgt, hatte zornig nach den Beinen ihrer Pferde geschnappt und ihre Spuren verschluckt, und dann, als die Krieger verschwunden und die normalen Geräusche der Wüste zurückgekehrt waren, hatte der Fluss sich in ein Rinnsal verwandelt, aus dem er und sein Pferd getrunken hatten, worauf sie für eine Weile krank geworden waren.

Daran dachte er, als diese neuerliche Stille herrschte und er die letzte Nacht seines Lebens auf der Gefängnispritsche verbrachte, und wenn er vorher Sägen und Hämmern gehört hatte, so wurden diese Geräusche nun erst von jener dicken, klumpigen Stille erstickt und kurz darauf von dem plötzlichen, alles beherrschenden Brüllen des Wirbelsturms überdeckt, der jetzt hereinbrach, das Dach des Gefängnisses absaugte und den alten Schreibtisch und den Drehstuhl gegen die Gitterstäbe schleuderte, sodass die Splitter ihm wie Pfeile um die Ohren flogen und er den Kopf in den Armen verbarg und sich zusammenrollte, damit sie nur seinen Hintern trafen, der durch das Leben im Sattel wie gegerbtes Leder und für Strafen aller Art mehr oder weniger unempfindlich war. Der Wind brachte mächtige Sturzbäche brennenden Regens mit, der reißend und beißend über ihn herfiel und in seiner Gewalt schlimmer war als ein Rudel Wölfe, und als der Regen vorbei war, fielen die gepeinigten Sterne in einem Meteoritenschauer vom Himmel, der die Erde erbeben und die Federn der Pritsche rasseln ließ, bis er schließlich benommen auf den Boden fiel. Und dann kamen Staub und Erde und zerkleinerte Steine über ihn, aufgewirbelt von den Meteoren und dem brüllenden Sturm, als hätte die Wüste die Gestalt eines wilden Tieres angenommen und sich auf ihn gestürzt, und sie schlug ihn und blendete ihn und drang durch alle Körperöffnungen in ihn ein, verstopfte Mund und Nase, sodass er nicht mehr atmen konnte, und begrub ihn dort, wo er lag. Doch weil er ein Mann ist, der die Härten und Launen der Wüste kennt, wartete er geduldig, bis diese Turbulenzen vorüber waren (das Schlimmste hatte er ohnehin schon hinter sich: Die Lehrerin hatte ihn verlassen und war nicht mal die Lehrerin), und meditierte derweil über die Ironie seiner verzweifelten Situation – er hielt den Atem an und kämpfte ums Überleben, damit er in ein paar Stunden gehängt werden konnte –, und als schließlich alles vorüber war, wühlte er sich ans Tageslicht, spuckte Erde aus, pulte den Staub aus den Nasenlöchern und atmete wieder wie zuvor.

Der Sturm ist weitergezogen, und die Mittagssonne steht über der jetzt dachlosen Gefängnisruine und scheint auf ihn herab. Die verbogene Zellentür steht weit offen, und an einer der noch stehenden Wände hängt sein alter Revolvergurt, in dem sein Revolver mit den hölzernen Griffschalen steckt, an einem Kleiderhaken. Er geht hin und schnallt ihn sich um – es scheint nichts dagegen zu sprechen –, und dabei fällt ihm ein, dass er, bevor (oder nachdem) die Männer hinausgingen, Besuch von einem einäugigen Fotografen bekam, was ihm wie ein ungünstiges Vorzeichen, und möglicherweise nicht nur eines, erschien. Er war ein leichenblasser, klapperdürrer Mann mit Angströhre und Chinesenbärtchen und erwies sich als wortreicher Enthusiast seines Handwerks, der darauf bestand, ihm einen Stapel Fotografien Gehängter vorzulegen, und ihm, als er nicht sogleich Interesse zeigte, sondern die Augen schloss, den Gewehrlauf in den Unterleib stieß und an seinem Ohrring zog. Er sei nach langem Nachdenken zu dem Urteil gelangt, sagte der Mann, während er die Fotos ausbreitete und ihn aufforderte, sie eingehend zu studieren, dass das Foto eines einzelnen Gehenkten ein melancholischerer Anblick sei als das einer ganzen Gruppe Hingerichteter, auch wenn eine Menge von einem Dutzend oder mehr für einen ehrgeizigen Fotografen eine einzigartige Gelegenheit, ja eine Herausforderung darstelle, denn ein solches Bild entspreche einerseits zwar gewissermaßen nicht dem Stereotyp, lenke jedoch andererseits die Aufmerksamkeit des Betrachters auf den Vordergrund und auf diejenigen, die dem Strick bisher entgangen seien. Anders ausgedrückt spiele ein einzelner Gehängter eine einzige traurige Melodie, wohingegen ein paar Dutzend ein Orchester seien, das ein ganzes buntes Potpourri zum Besten gebe. Es heiße zwar immer, dass zwei Menschen bereits eine Gruppe darstellten, fuhr der Einäugige fort, während Tabaksaft von seinem dünnen Ziegenbärtchen auf die Fotos tropfte und die Sepia-Tönung vertiefte, als er ihn mit einem langen, knochigen Finger verrieb, doch das stimme nicht. Sieh dir diese beiden aufständischen Indianer an: Was Einsameres hast du noch nie gesehen! Ein gehängter Verbrecher ist wie eine knifflige Frage. Zwei sehen aus, als würden sie sich gegenseitig mit ihren langen Hälsen und ihrem albernen Baumeln verarschen, und trotzdem haben sie uns nichts zu sagen. Manchmal seh ich mir meine Bilder von zwei Gehängten an, um was zu lachen zu haben. Die meisten Leute aber mögen am liebsten drei. Das ist wie so 'ne Art Mysterium: Man weiß, was zwei von ihnen da oben zu suchen haben, aber was ist mit dem dritten? Vielleicht war's bloß 'n Irrtum, vielleicht ist er bloß da reingestolpert und mit dem Kopf in der Schlinge gelandet. Wenn es überhaupt je ein Irrtum ist, einen zu hängen. Aber meine Lieblingszahl ist vier. Das ist so ziemlich die größte Menge, die man auf einmal hängen kann, ohne das ganze Ensemble aus den Augen zu verlieren, wenn man einen von ihnen genau betrachtet – sie ergänzen sich sozusagen. Aber hauptsächlich mag ich die Zahl vier deswegen, weil ich eine besondere Vorliebe für die Bauweise von Galgen hab. Sieh dir bloß mal diese Fotos an: wie verschieden die Galgen sind. Es gibt so viele neue und originelle Möglichkeiten, vier Leute auf einmal zu hängen, und vier nebeneinander bringen die Maserung des Holzes besonders gut zur Geltung und ziehen die Aufmerksamkeit auf den leeren Raum unter den Stiefeln. Was natürlich der eigentliche Grund ist, warum man diese Dinger überhaupt baut.

Mit schussbereitem Gewehr späht er vorsichtig durch das klaffende Loch, wo früher die Tür war, und sieht, dass heute keine Stiefel in der Luft hängen werden, weder seine noch die irgendeines anderen. Die Trümmer des Galgens, den die schwarze Stute zerstört hat, sind weitgehend vom Sturm davongeweht worden, und auf der breiten, staubigen Straße liegen nur noch ein paar verstreute Bruchstücke wie zerbrechliche, ausgebleichte Erinnerungen an irgendeinen alten Beschluss. Wenn es hier jedoch je einen Vorsatz gab, so kann allenfalls aus dem bemerkenswerten Fehlen jeglicher Hinweise darauf geschlossen werden, denn es rührt sich nichts. Nicht einmal die Spitzengardine im Fenster über dem Saloonschild. Die Gebäude aus verwittertem Holz, die gottverlassen unter der sengenden Sonne liegen, wirken geschrumpft und erschöpft, und alles ist mit einer grimmigen Totenstille gesättigt wie ein von Alkohol aufgeschwemmter Trinker. Aber natürlich hat er keinen Zweifel daran, dass sie irgendwo auf ihn warten. Der Augenblick dafür ist gekommen.

Die Türen der Bank gegenüber hängen schief in den Angeln wie immer. Zwar sind es dorthin etwa hundert Meter ohne Deckung, aber Ziegelmauern sind ein besserer Schutz als eine Bretterwand, und er kommt zu dem Schluss, dass er, wenn er es dorthin schafft, eine bessere Chance hat oder wenigstens ein bisschen länger durchhalten kann. Er tritt kurz unter das Vordach des Gefängnisses und verschwindet gleich darauf wieder im Haus. Nichts geschieht, und so überprüft er seinen Revolver (eine Patrone ist abgefeuert; er ersetzt sie), zieht den breitkrempigen Hut in die Stirn, als könnte Filz vor Blei schützen, wischt sich die Ohren aus und macht sich bereit loszurennen. Da draußen ist eine Art Präsenz, wie ein gefüllter Raum in dem sichtbaren leeren Raum, erschaffen von der Bedrohlichkeit der Stunde und ummauert von nichts als der Notwendigkeit der eigenen Existenz, und sobald er ihn einmal betreten hat, führt kein Weg mehr hinaus, bis dieser Raum oder er selbst aufgehört haben zu existieren.

Hinter ihm neigt sich ein Teil der Wand des Gefängnisses nach innen, poltert herunter und durchbricht die feierliche Stille; er wirbelt herum, bereit zu schießen, aber es ist niemand da, und vor seinen Augen klappt ein weiteres Stück Wand um wie ein gestärkter Kragen und sinkt mit einem kurzen Quietschen, Splittern, Krachen müde zu Boden. Na gut. Zeit zu gehen.

Er kauert nieder, zählt bis drei und stürmt mit klopfendem Herzen und pumpenden Beinen im Zickzack auf die Straße, in der Erwartung, dass jeden Augenblick die Welt rings umher explodieren und ihm ein rasches, sengendes Ende bereiten wird. Doch es geschieht nicht, noch nicht, obwohl er Jahre zu brauchen scheint, um die Distanz zu überwinden. Seine Stiefel rennen durch die staubige Arena, wo gestern noch der Galgen stand, und auch seine Hände greifen hin und wieder in den Staub, wenn er springt und sich duckt, während es ihm so vorkommt, als würde die Entfernung zwischen ihm und der Bank immer größer werden, als wäre in einem dieser endlos langen rituellen Jagdtänze der Indianer gefangen, bei dem er die Beute mit dem Büffelkopf ist – oder die vorgebliche Beute, was aber vielleicht auch dasselbe ist –, und seine stampfenden Beine sind jetzt halb taub und bleischwer, und dieser hinderliche

Kopf lastet schwer auf seinen Schultern und hüpft auf und ab, weil ihm die Kraft fehlt, ihn zu halten. Bis zur Bank wird er es nicht schaffen – es ist zu weit. Er kommt nicht mehr aus der Hocke hoch, es ist jetzt nur noch Ducken ohne Springen, er ist außer Atem, und sein Hut ist weg, vielleicht weggeschossen, sofern sie überhaupt auf ihn schießen – er ist sich nicht sicher, denn in seinen Ohren rauscht das Blut, und Schweiß und Verzweiflung nehmen ihm die Sicht.

Aber gerade als seine Beine unter ihm nachgeben, entdeckt er vor sich einen alten Wagen mit gebrochenem Rad, den er zuvor nicht bemerkt hat, der sich ihm aber irgendwie anzubieten scheint, und er rollt sich darunter, hechtet dann über ein Querholz, an dem Pferde angebunden werden können, und geht hinter der halbmeterhohen Brüstung einer Veranda in Deckung. Er ringt nach Atem, zielt auf die Gebäude gegenüber, wischt sich mit dem Ärmel den Schweiß aus den Augen und sucht die Dächer, die dunklen Winkel, die Ränder der Häuser, Türen und Fenster ab. Nichts. Es ist alles wie zuvor. Eine tödliche Stille. Das einzige Außergewöhnliche ist sein schwarzer Hut mit der breiten Krempe, der in der Sonne liegt wie ein Schatten ohne schattenwerfendes Objekt, unheildrohend wie eine Stange Dynamit mit brennender Zündschnur. Er wirft einen Blick auf das verstaubte Fenster hinter ihm. GOLD! steht da in abblätternden goldenen Lettern. CLAIMS-BÜRO. Es ist ein altes Holzgebäude, nicht so solide wie die Bank, aber er ist nun mal hier, und weil die Angeln zerbrochen sind, steht die Tür weit offen, und er taumelt geduckt hinein.

Er steht da, den Rücken an die Wand gedrückt, den Revolver in der Hand, und sein Blick sucht den Raum ab, doch es ist niemand hier, und alles ist mit uralten Staubschichten bedeckt, in denen nur seine Stiefel und Hände Spuren hinterlassen haben. Er lässt sich an der Wand zu Boden sinken und mustert keuchend seinen Zufluchtsort. Das baufällige, heruntergekommene Haus besteht lediglich aus einem einzigen Raum mit einer halb eingebrochenen Decke und vielen ladenlosen Fenstern, in die verirrte Kugeln bereits hier und da Löcher gemacht haben. Es könnte kaum schlimmer sein. Auf der Theke steht das Schild mit der Aufschrift NIMM DIR EINE!, doch der Kasten daneben ist leer, und die Karten, die darin waren, sind verstreut und staubbedeckt, als wollten sie ihm sagen, dass dieses Spiel längst ausgespielt ist. Eine der Karten liegt, Gesicht nach unten, neben seinem Stiefel. Wahrscheinlich wäre es besser, sie nicht aufzuheben. Er kannte mal einen gebildeten Mann, einen Spieler, der auf dem Mississippi Millionen eingesackt hatte und dann nach Westen gezogen war, um noch fettere und leichtere Beute zu machen. Dort hatte er tatsächlich noch ein paar Millionen verdient, bis ihn zwar nicht das Glück, aber die Fähigkeit, sein Glück zu beherrschen, abhanden gekommen war, und eines Abends, bei dem letzten Bier, an das er sich erinnern kann, gab ihm dieser Mann folgenden guten Rat: Wenn du das Gefühl für die Karten verloren hast und blindlings eine ziehen musst, dann lass es lieber bleiben. Doch er tut es trotzdem, obwohl er, noch bevor er sie aufhebt, weiß, um welche Karte es sich handelt: Es ist eine, die er schon einmal bekommen hat. Ein paar Koordinaten und einige Symbole, die er nicht versteht, sind darauf gekritzelt, aber wo die Linien sich an der schmalen schwarzen Taille kreuzen, steht das Wort SALOON.

Er wischt die Karte mit den beiden Gesichtern an seiner Hose ab, steckt sie ein und denkt über die Einsamkeit nach und darüber, dass er sich zwar immer danach sehnt, sie aber nicht haben kann und nicht einmal haben wollen würde. Dann dreht er sich um und sieht durch das Vorderfenster, an dem spiegelschriftlichen Wort GOLD! vorbei (die goldenen

Buchstaben sind von hinten ölig schwarz) zur anderen Straßenseite, zu dem alten Saloon mit seinem aufgehängten Schild, der Schwingtür, die wie ein zusammengefaltetes Flügelpaar aussieht, und den reglosen weißen Gardinen. Es ist eine Art Herausforderung, eine Herausforderung, die, wie er glaubt, ihm allein gilt, auch wenn die Karte schon ewig da gelegen hat und irgendein anderer hätte vorbeikommen und sie aufheben können. Und außerdem ist es zweifellos eine Falle. Wahrscheinlich sitzt die ganze Bande da drüben und erwartet ihn mit zahnlückigem Grinsen auf den Visagen, in der Gewissheit, dass er kommen wird, so sicher wie sich eine Fliege auf einem Haufen Scheiße niederlässt, und zwar einfach, weil er so ist, wie er ist, und gar nicht anders kann. Tja, und was, wenn er doch anders könnte? Wenn er ihnen sagen würde, sie sollten ihn am Arsch lecken? Wenn er dieses verdammte Kaff einfach hinter sich ließe? Aber das würde nicht funktionieren. Ganz gleich, wohin er sich wenden würde – die Stadt wäre schon da, und der Saloon stünde wie ein Vorwurf, wie ein Hohn vor ihm. Die Frage ist nicht, ob, sondern wie, hat ein alter Goldsucher es mal ausgedrückt. Der alte Kacker lag im Sterben und behauptete, die gute Nachricht sei, dass alles vergehe. Vielleicht war es aber auch jemand anders.

Also steckt er den Revolver in das Halfter und tritt gemessenen Schrittes auf die Veranda und hinunter auf die staubige Straße. Er hat es nicht eilig. Dort kniet der Wagen mit dem zerbrochenen Rad, und ein Stück weiter liegt mitten auf der Straße sein Hut in seiner schwarzen, verknautschten Einsamkeit (Einsamkeit!, hat mal ein übel riechender alter Trapper mit wehmütigem Schnauben gesagt. Na klar lieben wir die, Kleiner – immerhin hat sie uns ja hierher gelockt. Aber sie ist bloß ein Traum, genau wie der Traum, einen Berg aus Gold zu finden oder einen Engel zu ficken), doch er hält sich nicht mehr zurück, er hat keine Angst mehr vor dem, was in oder hinter den Dingen verborgen sein könnte, und schließlich hat er den hölzernen Bürgersteig vor dem Saloon erreicht. Dort bleibt er mit gespreizten Beinen im blendenden Sonnenlicht stehen und ruft: Also gut! Hier bin ich! Kommt raus, wenn ihr keinen Schiss habt! Seine kratzige Stimme hat ein Echo, als stünde er auf dem Grund eines Canyons, und das ist die einzige Antwort, die er bekommt. Seine Kehle ist so ausgedörrt, dass er kaum ein Wort herausbringt – bei seiner eiligen Flucht aus dem Gefängnis hat er alle Flüssigkeit, die in ihm war, ausgeschwitzt –, und so beschließt er, dass er alles gesagt hat, was zu sagen ist. Seine Stiefelabsätze dröhnen auf den Brettern, als er die Stufen hinauf und zur Tür geht. Er macht einen Schritt zur Seite und späht durch ein Fenster. Dort drinnen sind nichts als Dunkelheit, Spinnweben und staubiges Zwielicht. Demolierte Möbel, zerbrochene Lampen und Flaschenscherben liegen herum, der alte Flügel ist aufs Gesicht gefallen und sieht aus, als wollte er mit den traurigen Überresten seiner gesplitterten Zähne in den Boden beißen, und aus einem umgestürzten Messingspucknapf quellen gelbe Hosenträger wie Hühnerdärme.

Er tritt zurück, sieht sich um und grübelt über das, was er gesehen hat. Das einzige Lebenszeichen weit und breit ist sein Hut, der mitten auf der leeren Straße liegt. Er hat sich gründlich geirrt. Die Stadt ist verlassen, er ist ganz allein. Er lässt die Schultern hängen, und ihm wird bewusst, wie müde er ist. Die Müdigkeit rührt nicht nur von der körperlichen Anstrengung, sondern auch vom tiefen Nachdenken, doch das Einzige, über das er jetzt noch nachdenken muss, ist, wo er jetzt etwas Flüssiges findet, das seine Zunge vom ausgetrockneten Gaumen löst. Dann muss er sich Gedanken darüber machen, wo er ein Pferd auftreiben könnte. Er weiß nicht, wo er eins von beiden auftun kann, aber wenn es in dieser Stadt etwas Trinkbares gibt, kann es nicht weit sein. Er will in den Saloon gehen, aber die Schwingtüren öffnen sich unvermittelt und schlagen ihm ins Gesicht, sodass er rückwärts auf die Straße fliegt. Dieser Hieb hat eine solche Wucht, dass ihm die Augen tränen und er kaum etwas sehen kann, doch trotzdem schafft er es, einen Schuss auf die Tür abzugeben, noch bevor er im Staub landet. Aber natürlich ist dort niemand. Die beiden Türflügel schwingen noch ein-, zweimal hin und her und kommen zur Ruhe. Er betastet seine Nase. Ja, gebrochen. Nicht zum ersten Mal. Das Nasenbein ist etwas, das nicht für dieses Land geschaffen ist.

Während er mit diesem pulsierenden Schmerz im Gesicht auf dem Rücken liegt, merkt er, dass die Stadt ihn verlässt und den Tag mitnimmt. Das Claims-Büro, die Ruine des Gefängnisses und die Kirche mitsamt Turm verschwinden bereits in der Ferne und werfen ihre Schatten über die Wüste. Die Bank folgt ihnen mit schief in den Angeln hängenden Türen. Dann der Mietstall und der Futtermittelladen. Er greift nach der Karte in seiner Tasche, um sich davon zu überzeugen, dass er sie noch hat, denn er vermutet, dass sie alles ist, was ihm seine einsame Mühsal eingebracht hat. Dass der ganze Rest bloß ein Wahn, eine Heimsuchung war und diese Karte ein Symbol dafür ist. Der Saloon ist das letzte Gebäude, das sich auf den Weg macht, als wollte es den allgemeinen Aufbruch überwachen, und als er langsam in der Ferne verschwindet, flattert die Spitzengardine im ersten Stock ein wenig, als würde sie ihm zum Abschied winken. Und dann ist es Nacht, und er sieht nur noch den schwarzen, mit Sternenlöchern übersäten Himmel.

Jim Knipfel
Blindfisch

Roman
Deutsch von Eike Schönfeld
288 Seiten. Gebunden.

Jim Knipfel ist der blinde Seher im modernen Gewand. Aber er lamentiert nicht – er lacht. Er lacht über seine unheilbare Krankheit, die ihm langsam das Augenlicht raubt, über die überforderten Eltern und Freunde, über die eloquenten, aber teilnahmslosen Therapeuten. Er schmeißt Ehe und Studium, zieht vom kleinbürgerlichen Minnesota in einen New Yorker Slum, treibt sich mit Punkern herum, stiehlt, säuft, schluckt Tabletten – ein junger Mann aus gutem Hause auf der Überholspur ins Vergessen. Irgendwann entdeckt er das Schreiben. Das Papier erträgt seine Wahrheiten; endlich kann er sie teilen. Mit schwarzem Humor, der von tiefster Sensibilität und Verletzlichkeit zeugt, aber keine Tabus respektiert, beschreibt er sein Leben, seine Angst, seine Hoffnung. «Blindfisch» ist das Gegenteil einer therapeutischen Krankengeschichte – es ist ein grotesker Aufschrei dessen, der hinter dem Schein, den er immer weniger zu sehen vermag, das wahre Sein erkennt.